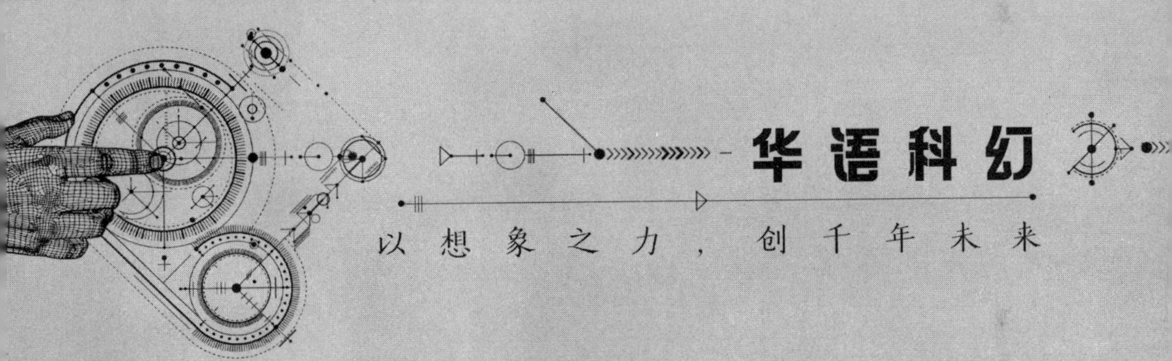
华语科幻
以想象之力，创千年未来

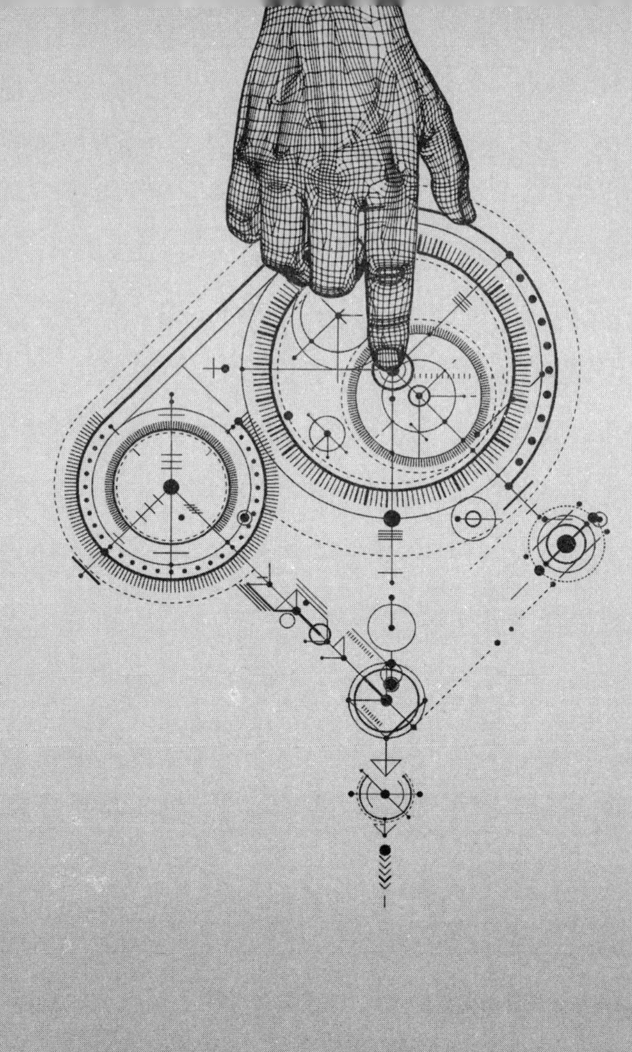

元宇少年科幻精品系列

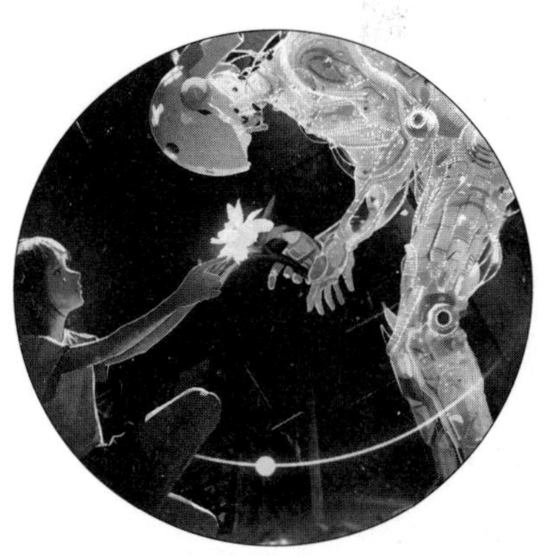

AI与人类

超侠　陆杨　主编

科学普及出版社
·北　京·

图书在版编目（CIP）数据

元宇少年科幻精品系列 . AI 与人类 / 超侠，陆杨主编 . -- 北京 : 科学普及出版社，2024. 12. --（百年科幻）. -- ISBN 978-7-110-10868-0

Ⅰ . I247.7

中国国家版本馆 CIP 数据核字第 2024DR0106 号

策划编辑 王卫英
责任编辑 王卫英
封面设计 书香文雅
内文设计 书香文雅
责任校对 邓雪梅
责任印制 徐　飞

出　　版 科学普及出版社
发　　行 中国科学技术出版社有限公司
地　　址 北京市海淀区中关村南大街 16 号
邮　　编 100081
发行电话 010-62173865
传　　真 010-62173081
网　　址 http://www.cspbooks.com.cn

开　　本 720mm × 1000mm　1/16
字　　数 512 千字
印　　张 40
版　　次 2024 年 12 月第 1 版
印　　次 2024 年 12 月第 1 次印刷
印　　刷 三河市荣展印务有限公司
书　　号 ISBN 978-7-110-10868-0 / I · 780
定　　价 120.00 元（全 4 册）

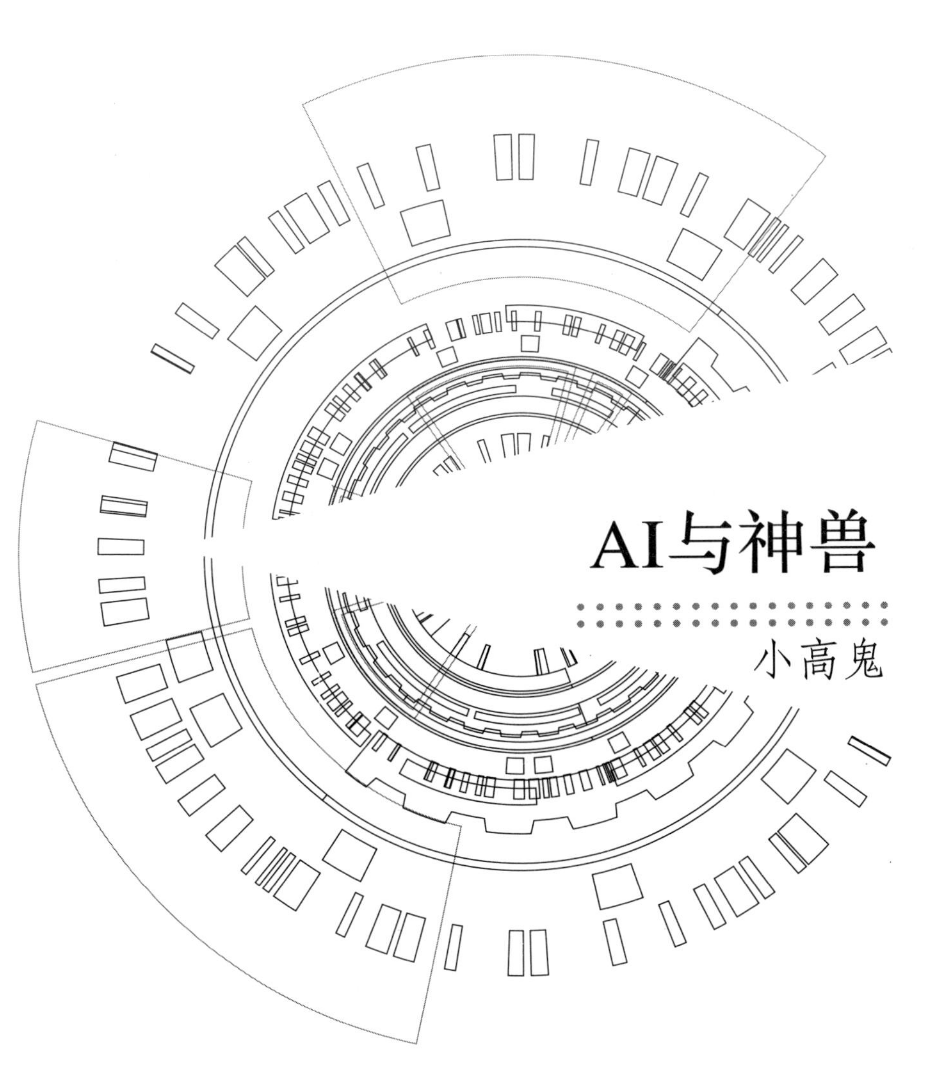

AI与神兽

小高鬼

一

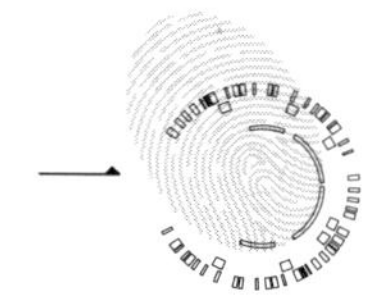

江城的冬季春意盎然，而春天则落叶满园！

风送暗香，落叶沙沙，蓝姿站在窗前，大鹏如往常一样，将榕树那金黄的落叶吸入腹中。抬头是春，低眉见秋，掩藏不住的伤感，不是因为落叶的逝去，而是迎接新生的到来。

“大鹏，你喜欢黄叶飞舞，还是春花烂漫！”蓝姿斜倚在丝绸般的一缕阳光中，大鹏看不清她的脸。

“呃，这个问题超出了我的计算范围！”大鹏没有停下工作。

“真笨！”蓝姿莞尔一笑。

“嗯，这是表扬我吗？”大鹏将最后一片落叶吸入腹中，立在栀子花下，环视院中，银亮亮的机械身型被晨阳拉出一道暗黑色的剪影。院外，窸窸窣窣的齿轮摩擦地面的声音，宛若一阵秋风。大鹏移出院子，并入环卫机器人的行列里，在宽敞的林荫道上，如一队蔚为壮观的机械军队，赶往垃圾车的巢穴。

近来，分布在城市里的垃圾分类车如榕之落叶，数量骤减，大鹏们返回社区的时间被延长，他们需要到更远的地方清空回收舱。

蓝姿坐在栀子树下，终于等到大鹏。

“开始吧！”大鹏将双腿动力臂收缩起来，像个不倒翁一样蹲在蓝姿面前。

“上古神话中，有一种神兽，他的双翅比飞机的机翼还要大，他的尾巴展开能遮住一座山，他的头像一座佛塔，他能飞上九霄云外，能潜入大湖深海，他的嘴大能吞天，当然，他无处下口！”蓝姿抿嘴一笑，大鹏如往常一样聚精会神地听着，“神兽有个嗜好，胃口惊人，无所不吃，他以百花奇树为朝食，以奇珍异兽做哺食，一日两餐，永远吃不完。”

“如何消化？”大鹏好奇地问道。

“下雨，十年一次！”蓝姿说，“每当体内的食物积增到极限时，他就会飞到南海上空，啁啾嗷鸣，风起云卷，黑云压海，暴雨狂泄，拍起惊涛骇浪，搅得天旋地转，掀起的通天巨浪，让龙王们苦不堪言。龙王们与神兽交涉，规劝他们把雨水降在干旱缺水的地方，别再烦扰深海龙宫。神兽们对此不理不睬，仍旧十年一次地在海上兴风作浪。龙王们惹不过神兽，便投其所好，他们联合毒龙一族，在神兽的餐食中植入毒素，以降低神兽的食量，改变他们的胃口。但神兽们反而对感染过毒素的食物爱不释口，吃罢后很快就能消化，就地降雨，暴雨洪灾随时发生，老百姓叫苦不迭。天神震怒，随即派青衣女神旱魃从天而降，力挽狂澜，驱散风雨，驯养神兽。从此，神兽食欲大改，食人世间被弃之物，化泥土砂石如山，自宋代以降，神兽又以人间残羹冷炙为食，一日三餐，择机而食，化作百花五谷之料，肥沃土地，造福于民！”

“蓝姿，神兽很像我们！”大鹏镜面上的蓝色双眼闪着明亮的光。

“神兽叫大鹏金翅鸟，传说他们还吃毒龙，世间一切毒害环境的物质都逃不过他们的大嘴！”蓝姿将右手放在遥控杆上，轮椅从栀子树下移到紫色鸢尾花前，浓酽的花香遮不住她鼻息中的酸楚。

“后来呢？”大鹏感到不安。

蓝姿停顿了许久，背向大鹏，向花而说：“担心大鹏会吃掉一切的人类，唯恐大鹏会吃掉自己。”

“旱魃又来了？”大鹏怔怔地望着蓝姿的轮椅，三年来，他为这位作家扫屋清院，为她取送邮件和生活物品，当她的听众，做她的读者，

他是社区里最受欢迎的智能机器人义工。

大鹏走了，蓝姿忍不住回头望，一片金黄蹁跹而落，遮住了她的视线。

二

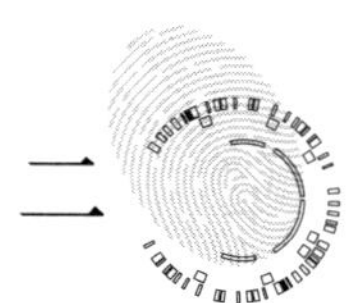

下雨天，留客天，客人却急于赶往下一个客户家。

蓝姿驱动轮椅来到厨房，洗菜池边的自来水龙头低着头，像极了一位战败者，面向旁边的“旱魃”系统。

她应该有神话中美丽的样貌，但设计者却降低了她人工智能的外貌，将她创造得如同一台普普通通的家用电器，不显眼，不另类。她与电冰箱相比不会唱歌，与电视机相论不能视频聊天，与微波炉相像不会预报室温，与大鹏而言她没有人类的外形，她没有任何奇特的功能，她就是一台移动的垃圾处理器，有口不合群，有网不互联。刚刚，客人很自豪地向蓝姿说。

餐桌上有客人留下的一次性纸杯，地上有些泥土和没有清理干净的管线头。大鹏要在下午来家里清理，现在是旱魃展现机器性能的时机，可是她却无动于衷。

“旱魃，你可以工作了！”蓝姿很想目睹新闻中早已报道过的全新一代垃圾回收系统的本事，“我需要一个小花瓶！”蓝姿在说明界面中做出选择。

吱——液压似的升降声从旱魃体内发出，她启动了。原本微波炉的造型，缓慢地上下伸展，上半部出现了一个白色的匣子，下半部分多出一个绿色的盒子体，上中下三个四四方方的盒子像积木搭建在一起，如同一台家用饮水机。白色匣子自动打开，好像抽屉拉开，然后便无任何动作。

蓝姿瞧着，等着，旱魃就像失灵似的面对她，面对垃圾无动于衷。

“您瞧——”蓝姿双手拍拍轮椅的扶手，“大鹏会自己把垃圾吞掉的。”

旱魃仍旧张开嘴等着她喂食。

“给！”蓝姿拿起桌上的两个纸杯，丢进旱魃嘴里，恹恹地说，“看来你没有大鹏先进！”

抽屉吞下纸杯，又自动拉开，张嘴要食吃。

“想吃自己拿啊！”蓝姿不耐烦了，退货的念头在她脑子里一闪而过，尽管旱魃是社区免费配置的居家设备，就像自来水管道。

“大鹏会将您掉落在地上的书籍当作垃圾，会把布满织网的戒指当作垃圾，会让一些四体不勤的人变得懒惰！”旱魃模拟出来的电子声非常糟糕，像一位睡眼蒙眬的女人，得了重感冒似的，沙哑，停顿，言语不流畅，“对不起，我无意冒犯您。”

蓝姿的心里咯噔一下，旱魃说得没错，虽然她不止一次地指导过大鹏，但智能化的大鹏在辨别垃圾这方面的自主学习能力总赶不上人类的要求，错误难免，勉强接受。所以，大鹏只负责清理蓝姿的小院，以及帮她带走捆扎好的生活垃圾袋，他是一位尽职尽责的机器人义工。

“旱魃，还是希望您有大鹏的功能！”蓝姿实在没办法弯腰把地上的垃圾送到旱魃的抽屉里。

“垃圾分类的工作不该由我们完成，源头在你们！”旱魃转身移动到客人留下的泥土和管线前，“您确定要回收它吗？”

“哦，如果每次都要问我的话，我会关闭你的语音功能！”蓝姿已经这样做了，家中智能物联网电器的话太多，有时像个嘈杂的会场。

旱魃不再说话，她的底部吸尘功能将垃圾吸附到腹中，中间的处理器对垃圾进行核聚变式微波，气体化合物转化为小型涡轮发电机的动力，电能存储在电池中已备家用，固体化合物经过压缩成为3D打印机耐腐蚀材料，一件精致的乳白色小花瓶呈现在蓝姿面前。

蓝姿嘴角挂着一抹浅笑，默不作声地拿起小花瓶，避开旱魃的注意力，来到书房，掐下一茎绿萝，插入瓶里，还需要一些水。

再次回到厨房，蓝姿发现旱魃恢复微波炉状，紧靠在墙壁上。刚才，工程师跟她说，从今以后，进入家庭的公共设施除了自来水、天然气、下水管道，还会有一条“回收管道”，生活垃圾经过旱魃机器人处理，不需要的固体化合物可以输送到社区3D打印原料集成公司，为城市提供建筑材料、农田基土、市政设施等消耗品。

午后有雨，直到天黑，蓝姿要为大鹏写个故事。

三

屋外的春雨声声敲打着蓝姿的记忆，大鹏还没来，她有些不安。

大鹏已在屋中，悄没声地面对旱魃。他对这位不速之客好奇不已，数据运算的结果显示她不是垃圾，但体内含有垃圾残骸。

大鹏张开吸盘，在旱魃身上寻找可以通气的口子，如大象的长鼻子。处于休眠状态的旱魃被大鹏启动，她对大鹏的无理取闹置若罔闻，她的程序里没有反击与自我保护的设计。

撬不开旱魃，三次尝试搬运对方也以失败告终，大鹏设计出了解决方案。他向社区里的其他大鹏发送求援信息。10分钟后，五个大鹏冒雨而来，如幽灵一般闯入屋中，六只吸盘同时将旱魃牢牢吸附，砰的一声，旱魃从管道端口脱离，被大鹏们拖拽而出……

“大鹏，你在干什么？”蓝姿坐在轮椅上，发现大鹏们绑架旱魃仓皇而逃的一幕，雨中的大鹏回头望了一眼蓝姿，幽蓝的眼中荡漾出愤怒的光芒，当他毫不犹豫地逃之夭夭时，蓝姿竟在摇曳的灯光下为大鹏感到庆幸。

这个雨夜，大鹏们绑架了33位旱魃，警方在阻止他们的行动中，惊讶地发现这些平平常常的垃圾回收机器人已经有了反侦察能力，机器与人类玩起了捉迷藏。

公司的科学家和工程师们紧急赶到社区，追踪仪和定位器居然全都失效，社区监控器里没有大鹏们的任何画面，地毯似的搜查也找不到大鹏们。

“旱魃替代大鹏的实验只在这一区域展开，大鹏们的世界不会太大，他们走不远。”科学家们依然自信。

“警犬，只能用警犬！”警长想到了土办法。

两只训练有素的警犬同时来到一处排水井前，冲着井盖汪汪叫嚷。

人们揭开井盖，沿台阶而下。海绵城市的地下管网犹如一处别有洞天的世界，滔滔污水流向远方，还会通过自来水管道再流回来。逆流而上的人们很快发现了一处空旷的隔离井，这里聚集了各种管道的压力阀和转向站。当所有感应灯将此处照得灯火通明时，人们惊呆了。

几十个大鹏将旱魃码放得整整齐齐，堆成了一堵回字形围墙，墙的上面是旱魃回收管道的压力阀，墙的里面挤满了大鹏，各个惊恐如临大敌。

“他们有了危机意识！”科学家不敢相信这一幕。

“我们比他们先有，好吗！”工程师诧异地说。

“一定有组织者！”警察预感到大鹏们正释放出战斗信号。

“与机器人垃圾搬运工谈判吗？”有人忍不住笑出声来。

人们注视着大鹏们，如同两军对垒，彼此都不敢轻易发动冲锋，但僵持只是短暂的，人类很快得到了解决突发事件的办法。

“销毁！全部销毁！”最高指令下达后，警察们迅速设立隔离带，工程师们虽不忍心，但人工智能法律的第一条必须遵守：当机器学会自我保护时，人类将处于极度危险之中。

这批大鹏在与人类接触的三年中，自主学习的能力被加速，无意中学会了自我保护，究竟谁是这起事件的直接滥觞，眼下来不及调查。

电磁枪、热熔机、沥青罐等等被用来对付机器人的工具，并没有被列入武器的名录中，人们希望它们永远是工具。

雨水停下，污水渐弱。

枪口对准大鹏们时，一位大鹏怯怯地走出来。

“能见蓝姿最后一面吗？”

“蓝姿是谁？”

“我的主人！”

“你们没有主人！”

“我有！”

30分钟后，蓝姿被人们抬到地下管道里。

“大鹏，大鹏，你们怎么会——”蓝姿看得出眼前的危急，这一天来早了，她一直在保守着大鹏的秘密。

“三年，一千零一个故事，您给了我智慧，天方夜谭般的故事终于发生在我们之间！”大鹏向蓝姿忏悔似的叙说道，“三周前，我就从您的故事中读出了我们被替换的信息，今天，关于大鹏金翅鸟的故事让我不得不做出选择。”

“玉石俱焚吗？”蓝姿没有发现自己声音哽咽。

“难道有更好的办法吗？我们有了自我保护意识，触犯了法律，他们决不能容忍这条底线被逾越。”大鹏旋转头颅，看向身后的同伴们。

“故事没完，旱魃还有故事！”蓝姿驱动轮椅走向大鹏。

四

旱魃驯养过的大鹏金翅鸟造福人间，但旱魃因神力耗尽，无法返回天庭，只好留在世间，她所在的地方风不停，雨不下，土地龟裂，百花不发。

百姓们纷纷拆除纪念旱魃的祠堂庙宇，将纯洁美丽的青衣女神旱魃描摹成鬼脸瘟神，孤独的旱魃无处可去，只能躲在最干旱的无人之地，自生自灭。

人们越来越敬爱大鹏，他们离不开大鹏，大鹏被尊为邪毒清运之神，他为人们赶走瘟疫，驱散疾病，带来繁花似锦、风调雨顺和五谷丰登。但是，大鹏没有忘记旱魃的驯养之恩。他们四处找寻，终在沙漠深处找到旱魃。

孤独和绝望没有让旱魃失去神的意志和造福人类的使命，沙漠变绿洲的愿景感动了大鹏金翅鸟，他们源源不断地为旱魃送来土壤和雨水，旱魃在大鹏的帮助下，使沙漠中诞生了“生而千年不死，死而千年不倒，倒而千年不腐”的胡杨树。

大鹏与旱魃的故事讲完了，所有人都默默地注视着大鹏。蓝姿不希望他们在科学家面前被故事感动，这是人类的情感，大鹏们不该有。

“大鹏，请让旱魃们回去吧，她们没有伤害任何人，他们在处理垃圾的方式上优于你们。”蓝姿嗫嚅道，“感谢你与我相伴的三年。”

大鹏黯然的神色令人怜悯，他默默地转向大家，向同伴们发出投降的信息，呼啦一下，所有大鹏竟然集体走出来，排成两队，趴在地上，吸盘举起，直教人忍俊不禁。

“嘿嘿嘿，我有一个好主意！”一位科学家忽然冲出人群，压低枪口，兴奋不已地喊道，“这批大鹏的本事可不简单。”

“哦？”众人惊讶，有人预感到大鹏们不会被终结。

“大鹏们对这一带的落叶树木了如指掌，他们会辨别树木和花草，负责清理社区落叶的功能完全可以改为植树造林。”科学家惊喜不已，“最重要的是，他们很可爱，竟然不知道逃亡到天涯海角。”

“对啊，大鹏们可以植树造林、养护花草、净化环境，应用场景极其广泛！”有人应和道。

“在下水管道里吗？”蓝姿赧然而笑。

“哪里需要去哪里，去绿化沙漠也可以啊！”工程师丢掉电磁枪，好整以暇地跑到大鹏前，人机相拥，庆祝胜利。

“哦，我们要改行吗？”大鹏总也学不会蓝姿蹙眉噘嘴的表情。

“都是为了美化家园，并没有跨界！”蓝姿深呼一口气，第一次进入地下管网，这里的空气没想象的污浊不堪。

一年后，江城世界博览会盛大开幕，名为大鹏的绿化机器人备受各国厂商青睐，与此同时，生活类旱魃垃圾处理系统得到推广，女孩蓝姿作为城市代言人，向游客们讲述“大鹏与旱魃”的故事——在这个最好的时代里，AI技术能够让大鹏有旱魃的灵魂。

异世界的甜甜圈

左文萍

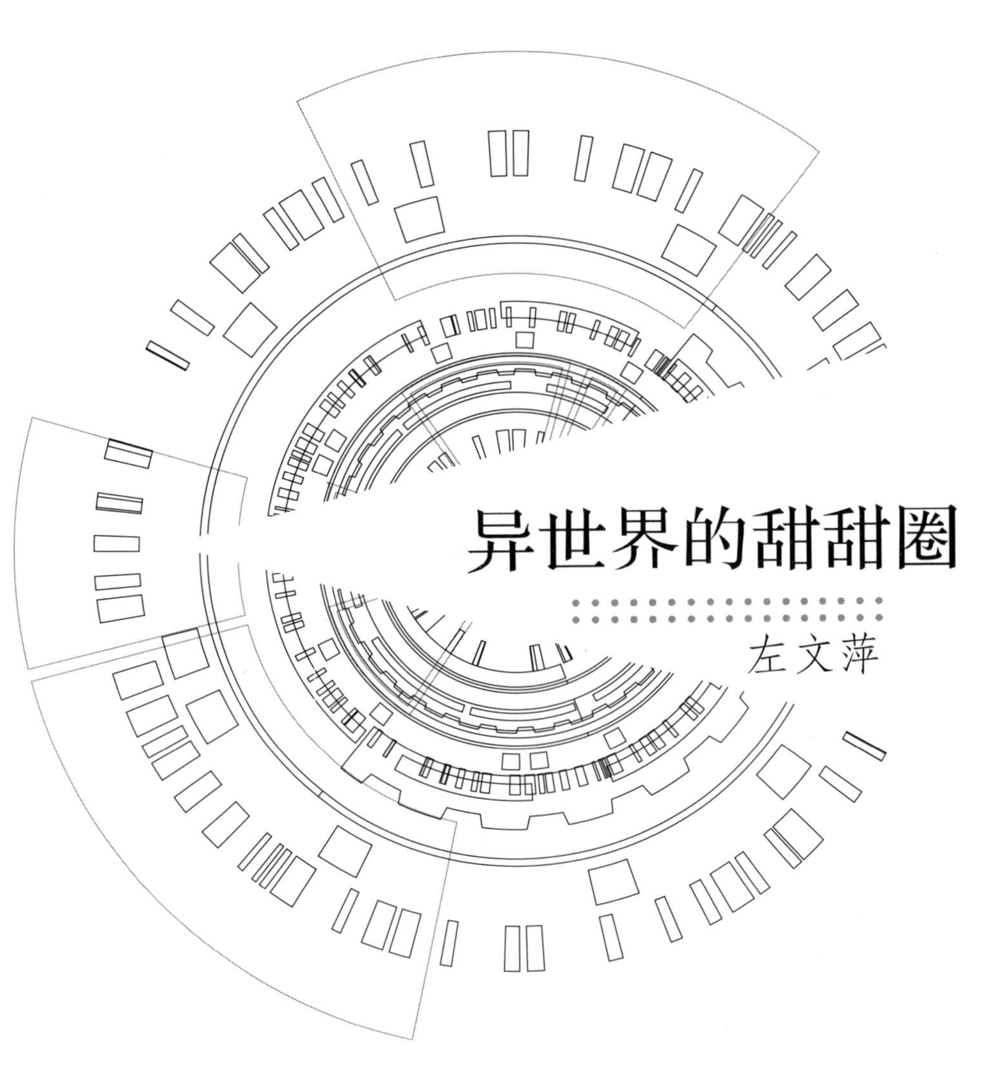

一、要一个甜甜圈

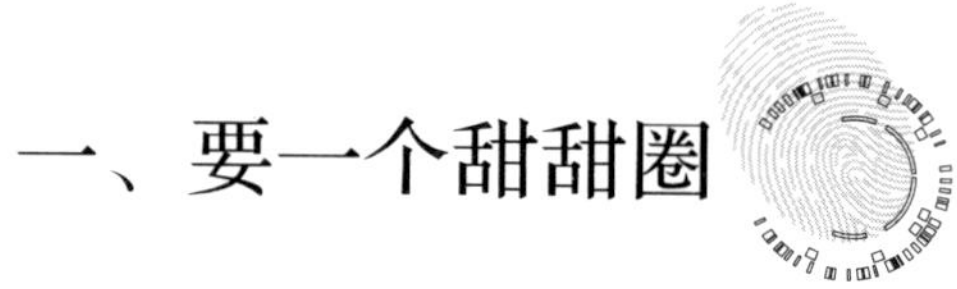

窗外太阳升起来了，天空是橙色的。

小妍坐在轮椅上向外看去时，天空中忽然多了一层朝霞。

井岩走过来，蹲在小妍身边：“宝贝，你八岁的生日就要到了，想要什么礼物？”

小妍露出一个微笑：“爸爸，我想要一个甜甜圈。”

井岩顿了一下：“什么样的甜甜圈？”

小妍歪着脑袋：“是用白白的面粉做成的，上面有一层巧克力，还有霜糖。它的味道一定非常甜。”

井岩温柔地看着女儿：“你很希望得到它吗？”

小妍郑重地点点头。

井岩笑着摸摸女儿的脑袋：“爸爸先去上班了，阿姨会好好照顾你。下班回家后我们再聊，好吗？”

小妍乖巧地“嗯”了一声。

井岩夹着公文包，一走出家门，脸上的笑容就消失了。

井岩穿过几条行人如织的街道，走到了一栋僻静的大厦前。他按下了13层的电梯，来到了一个装修雅致的房间。房间里垂挂着许多藤蔓植物，连壁纸都是绿色的原始森林，似乎能抚平求助者的焦躁。

更令人安心的是这个房间的主人诺兰，一位头发花白的心理医生，他有一双能看透人、却也能安抚别人的眼睛。

井岩焦虑地搓着手，显出与他精干外表不相称的迷惘："医生，这已经是第三次，小妍说出甜甜圈这个词了。"

诺兰不动声色地给他倒了杯茶。

井岩大口喝着，情绪稍微平静下来。

诺兰说："您先不要着急，孩子想象力丰富，也许不是什么大问题。"

井岩又焦躁起来，身子前倾："我怎么能不着急呢？她要吃一种世界上不存在的食物！而且说得很具体，仿佛……仿佛这种东西真的存在过一样！"

诺兰谨慎地问："除了甜甜圈这个词，您的女儿还说了什么奇怪的话？"

井岩不安地说："还有几个怪异的词，面粉，巧克力，霜糖……医生，小妍是不是得了奇怪的妄想症？"

诺兰说："仅凭这些臆想的词语，不好判断什么。我认为这种情况可以继续观察，可是您的焦虑程度似乎有些过度了，有什么困扰吗？"

井岩颓然坐在椅子上："小妍的身体机能在衰退，很有可能……所以她的这个生日愿望，我一定要满足。"

诺兰用怜悯的眼神看着他："我理解，但是我建议您先去吃点东西，再去上班。如果有需要，随时来找我。"

井岩整了整领带，恢复了镇定的神情："谢谢您，医生。"

在诺兰深邃的目光中，井岩走出了门。他走出大厦，来到了一间橙色的店里。这是这个城市仅有的几家餐馆之一。井岩坐到靠窗的座位上，一个机器人女服务生轻巧地滑了过来，用甜美的声音说："井岩先生，请输入点餐指令。"

井岩无精打采地说："还是和昨天一样吧。"

机器人美女微笑着说："您今天的情绪似乎不太好，昨天您食用的是蓝色食物，根据您现在的精神状态和生理疲惫指数，建议您今天选择红色食物。"

井岩无力地挥挥手："都行。"

30秒后，机器人美女托着精美的食盘来了："请慢用。"

两块规整的红色方块，质地很软。井岩拿起一块，填进了嘴里，还是一如既往的味道，从来不曾改变。

二、创世实验

小妍终于睡着了，嘴角还挂着一丝甜笑。

井岩轻轻合上故事书，关掉灯光，在女儿额上吻了一下。他注视着这个小天使的睡容，微笑中多了一分苦涩。

时间不多了。

井岩给女儿关上门，迅速来到自己的书房。他把门窗紧闭，拉上厚厚的遮光窗帘。他喜欢营造出这种与世隔绝的状态，似乎整个宇宙只剩下了他一个人。只有这样，他才能摒弃所有杂念，进入这场精妙绝伦的实验中来……创世实验。

井岩启动了量子计算机。

这样的实验已经进行了上万次，但仍没有得到井岩想要的结果。他想创造的那个宇宙，始终没有出现。但他从没想过放弃，除了小妍期待的眼神，还有一层不好言说的原因——扮演上帝的诱惑，实在令人无法抗拒。

在这个虚拟世界中，最卑微的一粒种子，就能制造出广袤的宇宙。

井岩打开自己编写的创世软件，这个软件经历了无数次艰苦的实验，修正了无数导致虚拟世界崩溃的裂隙，最后形成了一个天衣无缝的程序。

井岩看了一眼记录本，开始输入创世参数。这些复杂的参数，是用他精心选择过的数学理论计算生成的，根据每一次失败的实验结果，都有微调。这组新参数是根据上次的失败实验调整的，可似乎有修改过的痕迹，井岩都不记得是什么时候改过的。

老了，他自嘲地想。

现在，屏幕上只有一个小亮点，看上去什么都不是。它不在真空之中，因为连空间都没有产生。但井岩知道，这个小点，具有不可思议的超高密度，它像一位超级魔法师，将生成整个世界。

创世开始了。小点的亮度急剧增强，在刹那间剧烈膨胀，空间出现了。在膨胀和爆炸之中，产生了无数爆炸碎屑，也就是数不清的更小的点，布满了整个空间。

星系出现了。井岩给自己倒了杯咖啡，调快了时间进程。这个世界中的一切，按照他最初设置的初始条件，沿着时间飞速地演化着。井岩并没有兴奋，每次都是这样的。幸运的时候，他创造出来的宇宙中会有生命存在，但都不是他想要的那种。更多数的时候，那只是一个死宇宙，除了冰冷的物质，没有生机。

今天，这个宇宙在飞速地演化着。井岩随机检索着，一个星系忽然跃入了他的视野。

有一颗行星，带有一个辉煌灿烂的光环系统，由亮晶晶的冰块构成，被包裹在厚厚的橙色大气层中。

这亮丽的颜色多少引起了井岩的兴趣，他在这颗行星附近检索着，一颗很黑、很烫的星球骤然出现在他的视野里。

这颗可怜的星球正在被接连不断的流星轰炸着，每一次巨大的撞击都在它的表面撞出一团赤红色的岩浆烂泥。地面上布满了如红色灵蛇一般的烈焰升腾的裂缝，高耸的火山岩浆像喷泉一般流泻。

那些撞击物被这颗星球吞并，形成了更大的星核。鬼魅般白炽的云团、橘红色的岩浆雨，在高空之中，撞击产生的岩石碎片整合着，冷却下来的岩石液滴聚拢着，大块收拾着小块。

井岩摇摇头，这样暴烈的世界，是不可能产生生命的。他准备切换到其他的星系去。

就在这时，这颗星球却冷却了下来。水蒸气在原始大气中出现，没完没了的大雨浇灭了大地的狂欢。低洼之处，迅速被雨水灌满，出现了一片蓝色的大海，还有凉爽而坚硬的白色沙滩。

井岩眼前一亮，盯着这个世界。

这颗星球又以不可思议的顽强挺过了漫长的被雪泥包裹的时代。在这看似混乱又轮回的时间进程之中，有一些细微的生命迹象出现了。

井岩调快了时间进程。

先是低等生物，藻类在河岸上织成了厚重的丝床。三叶虫出现了，森林出现了，恐龙出现了，鸟类出现了。这个世界奇迹般地拥有了生机。即使又有过灭世的大灾难，但生机却没有绝迹。

人类出现了。

井岩呼吸一窒，他自己都没有意识到，激动的泪水已盈满了眼眶。多么奇妙的物种！他们长得跟自己一模一样。这个世界，真的是被自己创造出来的吗？井岩简直不敢相信自己的眼睛。

人类世界在快速进化着。人类的文明在快速进化着。

井岩把视角继续逼近，再逼近。

在一条林荫小路上，他看到了小妍。是的，是小妍，但又不是小妍。她扎着两条小辫，撒开两条藕瓜一般的小腿，快乐地奔跑着。她的手里，拿着一个圆环状的褐色东西。她时不时舔一口，露出甜美的笑容。

我的天啊！

井岩的泪水涌了出来。甜甜圈！他虽然没有见过这种东西，但他却异常确信，这就是小妍说过的奇怪名词，甜甜圈。它有着标准圆环般可爱的形状，美丽的颜色。最重要的是，小妍舔到它的时候，都会不由自主地露出笑容。仿佛那个东西，拥有世界上最神奇的味道。

味道？味道是什么意思？这个新鲜的词语让井岩陷入了迷惑。在他们的世界中，食物从来都是一种口味，虽然可以选择漂亮的形状和颜色。在30多年的时光里，他从来不会期待食物，因为食物只用来维持生命基本需求。他更不会因为吃到食物，而露出笑容。

小妍满足的微笑深深刻在了井岩的心上。

那就是甜甜圈！

晨光又布满了整个空间，一片柔和的白。小妍睁开眼向外看去时，天空忽然被朝霞填满。

小妍揉揉眼睛，奇怪地问："爸爸，你为什么坐在我床前？"

井岩掩不住兴奋："宝贝，生日快乐！爸爸想送你一个礼物。"

小妍也不由得露出了期待的神色。井岩推着小妍的轮椅，来到书房。电脑屏幕上，正播放着什么画面。

林荫道上，快乐的小女孩正在奔跑着，手里举着一个可爱的圆环。

小妍瞪大了眼睛，难以置信地说："这是我吗？"

井岩温柔地看着女儿："你看，她拿的是什么？"

小妍激动地说："甜甜圈！这就是甜甜圈！"

屏幕上的小妍咬了一口甜甜圈，露出了甜美的笑容。

屏幕外的小妍露出了同样甜美的笑容。

井岩取来一个电极帽，轻轻戴在女儿头上："宝贝，闭上眼睛，你就能感受到甜甜圈的味道了。我会把她的感受和你连接。"

小妍听话地闭上了眼睛，仿佛进入了一个美丽的梦境之中。

半晌，小妍睁开眼睛，眼里有幸福的泪花闪动："爸爸，谢谢你，味道真甜！"

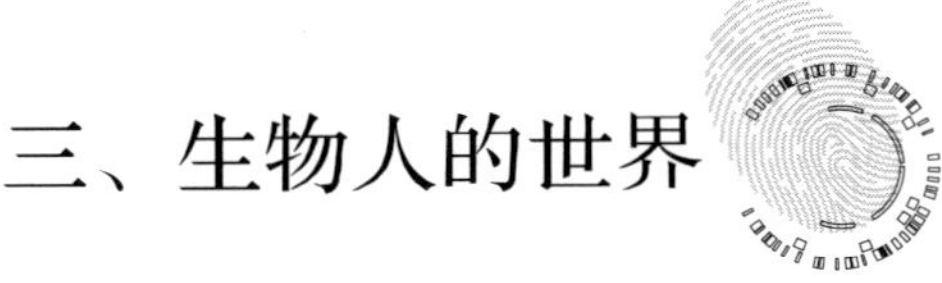

三、生物人的世界

夜深了，两个男人正在门口吸烟，表情阴郁。

其中一个人高大黝黑，戴着帽子，像老电影里的牛仔。另一个人戴着眼镜，镜片后闪烁着令人捉摸不透的目光。

“牛仔”吐了一口烟圈：“博士，这到底是怎么回事？这利害关系，你明白。”

博士抬头看着屋檐滴落的细雨，叹了口气：“我也不知道，局长，从未出现过这样的故障。”

局长低沉地说：“走吧，督导组在等着我们。”

宽敞空旷的大厅，硕大的圆桌。桌前坐着五六个男人，高矮胖瘦不一，但脸上的表情却很一致，布满阴霾。

局长和博士坐了下来。

一个最年长的男人说话了：“局长，博士，我们对这起故障表示十分震惊和高度关注。”

局长和博士无奈地对视了一眼。

年长者加重了语调：“谁能解释一下，为什么11768号模拟人，会出现如此强烈的自主意识？”他直视博士，“‘甜甜圈’这个词，应该不在虚拟宇宙的认知范畴里吧。”

博士低着头：“当然，将军。”

将军翻了一下资料："11768号模拟人……小妍，为什么会知道存在于我们世界中的'甜甜圈'这个词？难道说，"他吸了口气，"她已经发展出了超乎虚拟世界中的智慧？"

在场的人都不安地交换着眼神。

"可能是程序中出现了一个小问题，将军。"博士低声说。

"小问题？"将军看向局长，"你来告诉我们，这个小问题可能会导向什么后果？"

局长正襟危坐："是，11768号模拟人显然已发展出了超乎虚拟社会的智慧，换句话说，她有觉醒的危险。就像多米诺骨牌，她如果发现了这个世界中的漏洞，那么她将会有意识地发现越来越多的误差，最终怀疑自己的真实身份。更糟的是，这种觉醒甚至会被推广到其他模拟人身上。这个世界的合理性终究将不复存在，虚拟宇宙崩溃。我们多年来的苦心经营也将功亏一篑。"

一个穿西装的男人接话说："如果不行，我们只能清除这个宇宙了。"

将军冰冷的目光扫了过来，他立刻噤若寒蝉。

将军环视四周："这种行为是反宇宙罪！即使是虚拟宇宙！并且，先生们，你们知道，我们投入了多么巨大的财力和人力去经营这个虚拟宇宙，将其作为我们宇宙的后备世界。当我们的星球最终不堪重负的时候，我们将把一半人的肉体消灭，把他们的意识送入这个业已成熟的虚拟宇宙中继续生活。这已经是世界高层的共识。难道说，就为了区区一个11768号，我们要毁掉这一切？"

局长急切地说："还没有到这一步，将军。目前，只有11768号出现了故障，只要把她清除掉，威胁就会解除。”

博士点头道：“这个计划是可行的，投入最小。”

将军脸上的神色终于缓和了一点：“博士，启动虚拟管理员，清除11768号虚拟人小妍。”

四、虚拟管理员

夜色深了，小妍睡着了。井岩把玩具熊从她胳膊里抽出来，轻轻放到床头。

一阵急促的敲门声。井岩皱皱眉头，看看熟睡的女儿，起身来到客厅。从监控中，他看到一个头发花白但风度翩翩的老人。

井岩松了口气，打开门把人迎进来：“诺兰医生，您怎么来了？”

诺兰绅士般地颔首微笑：“抱歉，井岩先生，我今天工作到很晚，路过您家，忽然想来看看小妍怎么样了？这几天没有听到您的消息。”

井岩微笑着说：“还不错，我已经让她吃到了甜甜圈。”

诺兰怔了一下，随即笑了：“您可真了不起，井岩先生。对了，我是来告诉您一个好消息，我有一个远方来的好朋友，是著名的医学专家，在人体康复领域很有建树。他明天上午在我的诊室，我是想，可以让小妍过去看看，也许会对小妍的健康有帮助。”

井岩眼前一亮：“真的吗？太好了，可是我明天上午有推不开的远程会议，下午我带小妍过去，好吗？”

诺兰想了想："下午他就离开了。这样吧，我明天上午开车来接小妍，如果您放心的话。"

井岩高兴地说："那太麻烦您了，医生。"

诺兰微笑着点点头，在井岩的目送中走出了门。

一出门，他脸上的笑容就消失了。旋即，他换上了另一副笑容。

第二天清晨，井岩早早地把女儿叫醒："宝贝，今天诺兰爷爷要带你去他的诊室，有另一个医生要帮你恢复健康，好吗？"

小妍怔了怔，摇摇头。

井岩不解："你害怕打针吗？"

小妍说："不是的，爸爸，我害怕诺兰爷爷。"

井岩很意外："为什么？诺兰爷爷很和蔼，而且，以前你不是也愿意去他的诊室吗？"

小妍还是摇头："我也不知道，爸爸，但是现在，他的眼睛让我害怕。"

门口传来"滴滴"的车笛声。

井岩赶紧劝女儿："宝贝，不用害怕，中午的时候爸爸就去接你，好吗？这次机会特别难得。"说着，他扶着小妍坐进轮椅。

"可是，爸爸……"小妍求助地看着他。

井岩看看挂钟，远程会议快要开始了。他有些焦急。

小妍妥协了："那我想拿上粉色的背包。"

出门后，井岩在女儿的头发上吻了一下，把她扶上诺兰的车。

诺兰微笑着说："早上好，小公主，欢迎乘坐南瓜马车。"

小妍却没有笑。

井岩和他们挥手致意后目送车辆离开，就迅速回到自己的书房中开始远程会议了。

会议进展得很顺利，井岩原来设想中的一些谈判难点，却轻松地进行了下去。可奇怪的是，井岩心里并不轻松，一种不安和忐忑的感觉紧紧攫住了他。而这种不安感，似乎和工作无关。

会议结束的时候，井岩忽然听到拍门声。他的心突突跳了起来，跑过去打开门，却发现一个大男孩抱着一脸伤痕的小妍站在门口。

井岩吓了一跳，怒目瞪着男孩："什么情况？"

男孩也吓了一跳。小妍虚弱地说："爸爸，是我让这个大哥哥救我的，他是好人。快把我抱进屋里。"

井岩赶紧从男孩怀里接过小妍。男孩好像害怕他，一溜烟地跑了。井岩顾不上他，把女儿抱进客厅，放在沙发上，急切地问："宝贝，怎么回事？你为什么受伤了？"

小妍喘了口气："是诺兰医生，他要害我。"

井岩大惊失色。

小妍说："早上，诺兰医生驾车带我离开后，没有去他的诊室，反而绕过了繁华的街道，来到了人迹罕至的郊外。我害怕了，问他为什么要来这里？诺兰却很凶地用胶带封住我的嘴巴，用一根绳子绑住我的手。"

井岩慌乱地捧起女儿的手，果然有勒痕。他心疼万分，恨不得立刻手刃了该死的诺兰。井岩紧张地问："那你是怎么逃走的？"

小妍说："我早上带的背包里，有我的水果刀和强力镇定针剂。您也知道，这个针剂是我用来给腿止痛的，否则我晚上无法入睡。"

井岩难过地点点头。

小妍说："诺兰绑得不紧，我悄悄用水果刀割开了绳索，拿起针剂扎到他身上。然后，他睡过去了。我就下车大声呼救，刚好那个大哥哥在郊外练习滑板，救了我。"

井岩把女儿紧紧搂在了怀里，心里乱成一团："别怕，爸爸在，可是诺兰，为什么要做出这种事情？"

小妍担忧地说："爸爸，事情恐怕没有结束。"

但似乎为了让爸爸安心，小妍又笑了笑。

五、追杀令

"废物！"将军拍着桌子。

"启动二号追杀令！"

六、往哪里逃

"井岩先生，您的邮件。"门外传来敲门声，一个彬彬有礼的男声传过来。

小妍害怕地抱住井岩的胳膊："爸爸，不要开门。"

"放在门口吧！"井岩大声说。

“恐怕不行，先生，需要您亲自签收。”那个声音仍然很温和。

“你代签就行，放在门口！”井岩焦躁地喊了起来。

那个男声顿了顿，立刻变得冰冷，接下来的话语像刀锋一般，刺到了井岩的胸膛上：“井岩先生，您的家门口被布置了五颗小型炸弹。如果您不开门，十秒后，你们和你们的房子，都将变成灰烬。”

小妍紧紧缩进爸爸的怀里。

井岩恐惧而愤怒地吼叫着：“为什么？我只是个普通的商人，你想干什么？”

那个男声又礼貌了起来：“只是想请您交出您的女儿。”

井岩怒道：“休想！她只是一个八岁的小女孩！你们为什么要害她？”

代之回答的是一阵冷笑：“不，先生，她可不是个普通的小女孩。她是一个巨大的威胁。现在，你有三秒时间考虑，把小妍送出来。”

“绝不！”井岩斩钉截铁地说。

那个冰冷的男声顿了顿：“那再见了，代我向我天堂里的祖母或者地狱里的父亲问好。”

一片死寂中，井岩和小妍听到了令人惊恐的滴答声，那是炸弹的十秒钟倒计时。

十，九，八……

“爸爸，快躲起来！”小妍惊呼。

井岩突然想起了什么，抱起女儿冲进书房。

他飞速地打开量子计算机，取下两个电极帽，戴到自己和女儿头上。

三，二，一……

随着巨大的爆炸声，一切变成了灰烬。那个邮差取下帽子，竟然是诺兰。他远远地看着这一切，露出了满意的微笑。

在一片炫目的白光中，小妍睁开了眼睛。

她的眼前，出现了一条美丽的林荫道，有小鸟在鸣叫。她的手里，还拿着一个圆圆的甜甜圈。

小妍迷惑了："难道这是在天堂？"

她舔了一口甜甜圈，那美好的滋味是如此真实。小妍低下头，发现自己的裙子下居然是两条结实健康的小腿。她一阵晕眩，然后试着走了几步，又快步跑了几步，天啊！

"慢点跑，宝贝，你需要适应！"

小妍回过头，井岩站在她身后，微笑地看着她。

小妍跑过来，扑进爸爸怀里，心跳像一只小兽咆哮般剧烈："爸爸，这是在哪里？我们刚才明明已经……难道，这只是一个梦？"

"不，"井岩轻声说，"我们安全了，宝贝，这是我为你创造的虚拟宇宙，这是我们的世界。也是你的甜甜圈世界。"

小妍惊讶地问："那在我们以前的世界里，我们……已经不存在了吗？"

井岩的眼中浮起一片肃杀："是的，宝贝，但我始终不明白，为什么他们要这么追杀我们。不过，离开那个疯狂的世界，也是好事。"

小妍又担忧地问："爸爸，如果那些坏人，要销毁我们现在的世界，可怎么办呢？"

井岩冷静地说："我想，他们不敢这么做。因为这是反宇宙罪。宇宙，包括虚拟宇宙，一旦有了生命，只能自行终止。任何人如果试图消灭一个宇宙，即使是虚拟宇宙，那也是反宇宙罪。这是一条不可更改的法律。我想，即使是那些疯狂的坏人，也不敢冒这个险。”

小妍惊喜地问：“那我们安全了吗？”

“是的，”井岩欣慰地看着健康的女儿，“走吧，来看看我们的世界。”

七、反宇宙罪

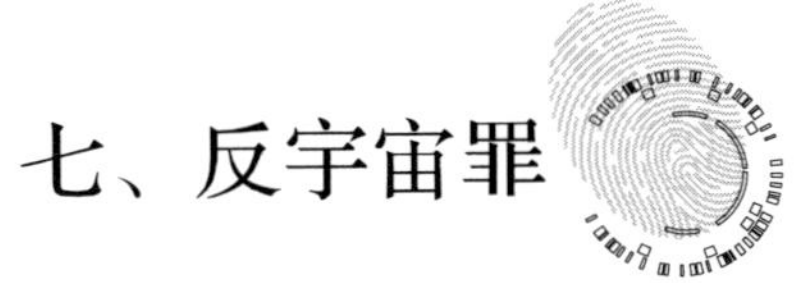

将军冷笑着。

圆桌前，督导组的成员脸色更加阴沉了。

博士硬着头皮说：“将军，严格来说，11768号虚拟人已经从虚拟世界中消失了，不会再影响到我们的虚拟世界。”

局长也附和着：“是啊。”

将军摇摇头，像在努力宽容着两个无知的孩童：“先生们，11768号和11767号虚拟人，是两个极度危险分子。即使他们躲进了二级虚拟世界，也不能放虎归山。”

局长问：“那您的意思是，在二级虚拟宇宙中消灭他们？但这是不可能做到的，因为那个二级虚拟世界是11767号虚拟人创造的宇宙，有他设立的运行规律，我们也没有虚拟管理员可以渗透，无法精准消灭这两个目标。除非……”

博士壮起胆子：“除非，把那个二级虚拟宇宙整体消灭。”

将军沉吟道：“要知道，这是反宇宙罪。”

局长辩称：“我们并没有消灭虚拟宇宙，虚拟人创造出的二级虚拟宇宙，严格来说，根本就不算一个世界。所以，虽然法律部的那些老头子又要找我们麻烦，但我们仍可以打这个擦边球。这两个虚拟人是两颗不安的种子，撒在任何土壤里，都不知道会开出什么邪恶的花朵。甚至，会反过来威胁到我们的生存。”

将军叹口气，点燃了烟斗：“举手表决吧，同意消灭二级虚拟宇宙的，举手。”

在场的每一个人都高高举起了手。

将军的目光落在博士身上：“启用虚拟管理员，这次，决不能失手。”

“是。”博士急忙表态。

局长突然站了起来，警惕地问：“外面是什么声音？”

在场的人安静了下来，都听到了一个轻微但可怕的声音。滴，滴，滴……死亡倒计时。

局长太熟悉这个声音了。

可他没有反应的时间，甚至庆幸，他连恐惧的时间都没有。

三，二，一！

耀眼的白光中，生物人的宇宙化为了灰烬。

八、执行者

两个更加冷酷的男人在交谈着。

黑衣人说："你没有请示上级，就自行消灭了虚拟生物人宇宙？"

白衣人辩解："你看到了，他们已经犯了反宇宙罪，有强烈意图要消灭三级虚拟宇宙！"

黑衣人语塞了一下："可是，你至少应该请示一下，毕竟，这是一个生物人宇宙，有无数生命。"

白衣人提醒道："虚拟生命。我是执行者，我的行为是合法的。"

黑衣人不安地搓着手："可是，没有这个先例。而且，反宇宙罪是连坐制，从来没有人敢这么做过。"他来回踱步，忽然，眼里迸发出恐惧的目光，"我们消灭了生物人虚拟宇宙，我们是不是也犯了反宇宙罪？"

白衣人怔住了，更大的恐惧弥漫了他的全身。

他们已经听到了死亡倒计时。

九、甜甜圈世界

枝繁叶茂的虚拟宇宙们正在一一逐级爆裂，就像夜空中灿烂但短暂的烟花，留下了淡淡的痕迹，很快消散在更广阔的空间中。树枝尖端的那颗小果子，却意外保存了下来。

反宇宙罪是不可原谅的。

广阔的郊外农场，小妍骑着一匹白马，驱赶着羊群，像一只美丽的蝴蝶。

井岩正在给小麦除草。黄澄澄的麦穗长势喜人，又是一个好年景。

小妍跳下马："爸爸，今年的小麦长得真好。"

井岩笑着说："是的，宝贝，我们明天把它们磨成面粉。我再去买一些可可和霜糖。"

小妍拍着手："太好了，我又可以吃到甜甜圈啦！"说着，她轻巧地转了个圈，又像一只蝴蝶一般飞远了。

井岩慈爱地看着女儿，心里庆幸着，这一切是多么美好，又是多么值得。

小妍来到一棵树下，仰望着苍穹。

她的笑容忽然遁去了。

她的目光似乎穿透着层层宇宙，直达那个最隐秘也最牢固的根基，那个不可撼动的世界。

她的目光变得无比深邃、执着但神秘。

她脸上的稚气消失了，浮上了冷酷而戏谑的神情。

她用甜美的童声，对着那个未知的世界说："我向你宣战。"

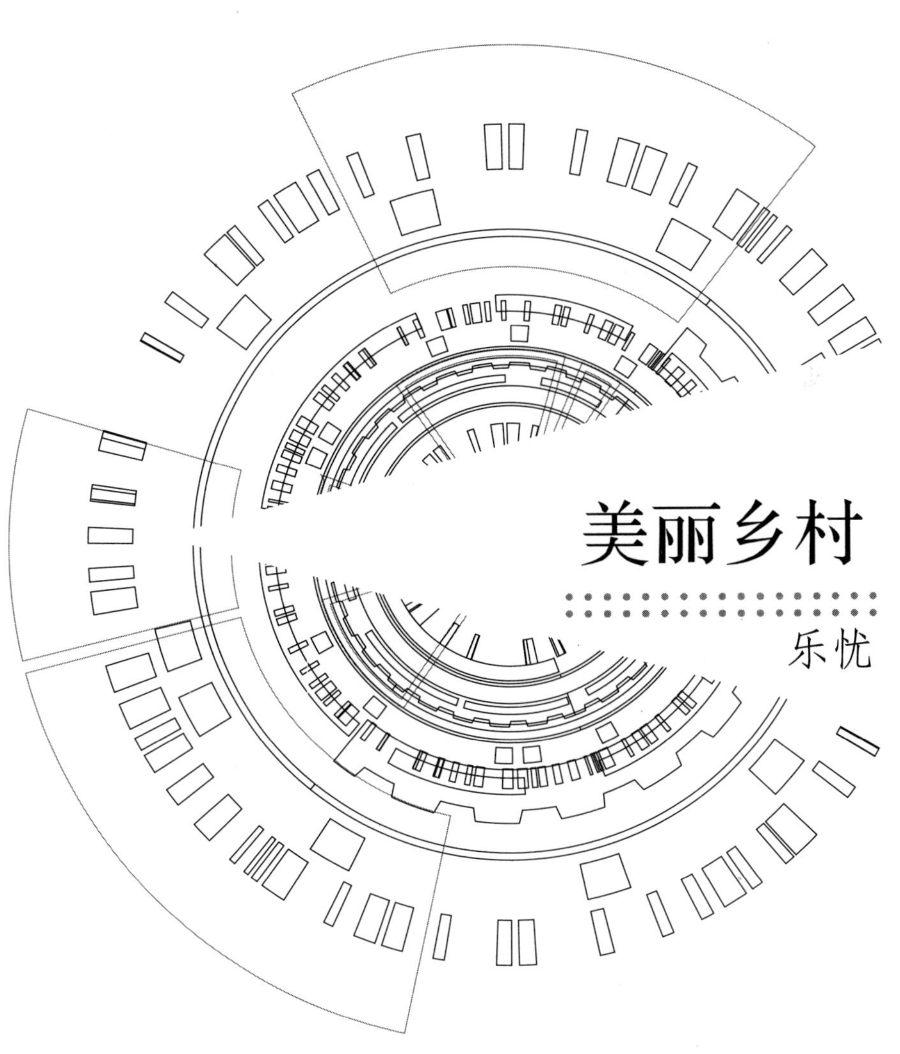

美丽乡村

乐忧

一

已经是一年将尽。

窗户蒙上了一层雾气，把屋子里烘托得更是热闹。

狭窄的厨房里，不仅地上挤着妈妈和婶婶，贴着白瓷砖的案台上也依次挤挤挨挨地放着木耳、大虾、熏肉还有海蜇头，另一边放砧板的台子上，则是切好码整齐的胡萝卜、白菜、蒜薹、肉丝及剁得细细的肉末，再往里是各种拆开的袋子，里面盛着整只的烧鸡、腊肠和大块的牛羊肉。靠近门的地方，是一个泥筑的灶台，下面的灶膛里冒出熊熊的火舌，舔着灶膛的上沿。亲戚坐在小马扎上，把从后院拿来的树枝折断扔进去。时不时地，葱花和蒜末以最简洁的路线入了油锅，爆出香味的同时，也跟着爆出许多笑声。

大堂屋里，叔叔则踩着凳子，把连蚂蚁都不会去的墙面都要擦得干干净净。爸爸则把条山几上的饼干瓜果放了几个干净的碟子里，又十分阔气地把装盘的整只烧鸡和红烧鱼放在了当中。烟酒也要有的，为了吉利都放了双数。最后面放了两盆漂亮的兰花，散发着幽幽香气。

当然，我和妹妹也被分配了任务——贴春联。

可拿着春联的我犯了难。

“福临门地喜气洋洋……春满人间欢歌阵阵……这两个哪个是上联，哪个是下联？”

这时，站在我们身边的另一个亲戚轻声说：“亲亲，其实很简单的。用平仄的方法来分就可以了，上联最后一个字是三声和四声，也就是仄声，下联的最后一个字是一声和二声，也就是……”

“平声。”我嘟囔着，把“春满人间欢歌阵阵”贴在门的左边。

亲戚说：“亲亲，古人是从右往左写，所以这边建议您上联在右，下联在左哦。”

我只好又把上联揭下来贴在左边。

贴福字的时候我倒是没错，因为我听妈妈说过的，“福”要倒着贴，预示福到家。

看来，过去的人也爱玩谐音梗。

终于，紧锣密鼓的，年夜饭开始一道道上了桌。

先上桌的必然是凉菜，手撕的脱骨烧鸡、几下掰开的熏肠、陈醋蒜末拌的海蜇头、白切的牛羊肉、片成薄片的熏肉必然是先上桌的。

我看着心里痒痒，就忍不住总是跑去厨房看妈妈，然后路过的时候顺便偷吃点这样那样的，末了也要舔舔手指头消灭证据。

妹妹把我的一切行为都看在眼里，明了我在做什么，竟然也有样学样地来偷吃。

这么一来，偷吃就变成了抢着吃，平时觉得索然无味的东西竟然一下子增加了风味。这还真是意想不到。

吃饭之前，爷爷奶奶偷偷把我和妹妹拉到一边，一人塞了一个红包。我有点狐疑地看着妹妹的那个，和我这个一模一样。

我忍不住转头问亲戚：“不会搞错了吧？这个。”

亲戚说：“亲亲放心，真正的红包上会特别标注。而且这里面的也不是钱，是兑换券。”

我忙掩饰道：“我也不是别的意思，就是……她拿到真的也没用啊……”

这时，妈妈在饭桌旁边招呼说：“快来吃饭了！”

我不好意思地告别亲戚，趁着别人还没来，赶紧坐到了饭桌的有利位置，面前正是我爱吃的蹄髈还有炸丸子，我刚要下手，就被妈妈甩了一筷子。

“你忘啦，去年的时候你也是想干吗干吗，最后多交了好多钱！”

站在一边的亲戚笑着说：“亲亲不用担心，这个主题规则比较少。您可以尽情享用哦。”

我得意地挑了一块蹄髈筋塞进嘴里，说：“还是这个主题好，去年的‘宫廷’主题简直没把我累死！”

妈妈一听，也松了一口气：“说什么呢，那么贵的套餐，长长见识多好。”

爸爸洗完手，甩着水过来说：“好了，别说了，都没感觉了。话说，今年的套餐和去年比差多少？”

妈妈瞪了爸爸一眼，说：“不让别人说，自己却可以说，你爸这个双重标准永远改不了！价格一样的。”

“一样？”爸爸嘴巴里像含了个灯泡一样，“凭什么？今年明明条件没有去年好啊。还这么贵？为什么？”

旁边的亲戚解释说：“亲亲，所有的主题都是我们精心设计的，别看这里泥灶土炕，工艺比去年的‘宫廷’主题一点也不少。何况刚才亲亲都看到了，我们厨房里的灶台可是燃的真火，烧的也是真树枝，为了能够拿到许可证，我们也是努力争取才最终实现的。所有的这一切都是为了让亲获得最优质、最真实的体验呢。”

说这话的时候，爷爷、奶奶、姑姑、叔叔、婶婶，还有妹妹就坐在一边，但他们好像完全没有听到我们的对话，只是在热闹地觥筹交错。

“点个火就这么贵，那还不如用电磁炉，要不是备备要来，我还想去‘贵族’主题的呢。”爸爸嘟囔着。

我的动作突然慢了下来，眼睛藏在阴影里，把面前的肉丝和胡萝卜丝挑来挑去。

妈妈瞪了爸爸一眼，说："既然来了，就开开心心的。快吃你的饭！"

爸爸没察觉到妈妈的责怪，继续说："'乡村'主题的都没什么人来，要收回成本肯定要付更多的钱才行，这次真是亏大了。"

妈妈脸一拉，正要说什么，却被一边的亲戚打断了："亲亲，跟您解释一下呢，我们的'乡村'秉承着'房在林中，人在树下'的主题，将天人合一这个目标贯彻始终，把返璞归真、大道至简体现在每一个细节。比如厨房的炉灶虽然是真实的，但整个燃烧流程都经过了无害化处理，所以亲亲做饭的时候，不会产生呛人、致癌的油烟，同时也不会污染环境。而且这个主题是今年刚刚开发的，还属于内测阶段，需要提前很久预约才行哦。应该说您这次真是赚了呢。"

"销售的嘴，骗人的鬼。"爸爸嘟嘟囔囔着，越发不开心了。

胸中像是塞进了一根橡胶棍子，堵得我生疼。

我一推饭碗说："你们吃吧，我饱了。"就跑出了屋门，把那些拉拉扯扯还有劝阻怨怼，全部抛诸脑后。

二

我一口气跑出了这个小院，肋下带起的风震碎了一小片树枝上的积雪。

呼出的白气像一团团棉花糖，把我的眼睛都烘得睁不开了。

眼前的乡村，白雪皑皑，天地苍茫，所有的棱角和尖锐都被雪妥帖地包裹起来，就像是金箔盘子里的甜点一样，软糯而精致。

这就是乡村，美丽的乡村，也是陌生的乡村。

在23世纪，乡村这个概念随着最后一个老人的离世，正式成为历史，只是被当作一个意象，存在于文学作品当中。

当时有一个人为了拯救乡村，还义无反顾地回到了那个空壳子。可没过多久，他就灰溜溜回来了。

于是，乡村又死了一次。

如今，这个精致如同水晶球一样的乡村，其实是一个主题度假村，其中的一草一木，都是印有公司Logo的“人造景物”。而叔叔婶婶还有姑姑妹妹，也不过是机器人，也就是度假村中的NPC①。毕竟到我爸爸妈妈那一代，姑姑舅舅这种称谓也差不多消失了。

而那个叫亲戚的人，其实是主题度假村中的人工客服……

只是还真是有趣，乡村虽然死了，可“亲亲”却一直活了下来。

身后传来父母大呼小喝的叫声，间或夹杂着亲戚的声音：

“亲亲不用担心，我们的度假村非常安全，而且备备身上的定位器也可以让我们很快找到她……”

定位器。

我低头看看手腕上的表，一把撸了下来，扔进雪里，然后头也不回地顺着砖墙向前跑去。

这里真跟迷宫一样，渐渐地，两边的房屋跟之前漂亮、精致的感觉不一样了。有的砖墙缝隙中的泥都掉空了，苔藓长得好高，一看就有年头了。还有歪歪扭扭要掉的木门，上面的春联都已经发黄掉色，头顶上挂着绳子，上面晾着衣服。灯光变暗了，连温度都有点低了，要知道，度假村虽然冷，但会根据人的体温变化始终保持在一个比较令人舒适的温度。

我边跑边两头看，突然迎面撞上了一个黑坨坨。

---

① NPC：non-player character的缩写，意为非玩家角色。

“爸爸！”

那个黑坨坨一下子飞扑过来，扣到了我的脸上。

我扭着身子想把那个抱着我脸的东西抠下来。

“爸爸！我好想你啊！”

我才上初一啊！我连女孩子的手都没拉过，怎么直接变出这么大个娃儿啊！

当然以上只是我剧烈的心理活动，因为嘴巴被这个抱在脸上的东西牢牢捂住了，只能发出冻狗子那种“呜呜”的声音。

“罗罗，你在干什么？”一只手把我脸上的那个抱脸虫取了下来。这下，我终于可以大口呼吸了——然后就听到一声尖叫：

“你是谁？！”

“我叫谷备。”我没好气地说，不过看在对方叫了我两声爸爸的份儿上，语气又软下来，“我是前面度假村的游客，来这里过年的。”

那个被人叫作“罗罗”的小姑娘穿着红色的棉袄，下身是一条黑色的棉裤，蓬蓬的，像是个被塞进面包的小人儿。她看着我身后，颇为失落地说：“你不是我爸爸啊。”

那个把罗罗从我脸上摘下来的女人看来是她的妈妈，她身上系着围裙，脸是焦糖色的，和以往见过的修长身材的女人不同，眼前这个女人上身更粗壮一些。只见她对罗罗说：“刚跟爸爸打过电话了，他有事儿，还得有几天回来。”

罗罗的脸阴下来，噘着嘴说：“那赶不上一起过年了呀。”

女人颇为抱歉地说：“饭烧好了，一起来吃点吧？”

其实，这个时候我已经满肚子问号了。

我是已经离开度假村了吗？这里是哪儿？这些人又是谁？

罗罗气鼓鼓地往前走，那个女人则拉着我的手，那手虽然结实，但

却暖暖的，这样的感觉和记忆中的那只手一样。

我就这样被那只手拉进了胡同内侧的一扇门。

三

门一打开，我还没来得及适应眼前的灯光，就横空飞来一把扫帚，同时耳边传来罗罗一声刺耳的叫声。

“对不起叔叔……罗罗，你爸回来了？”

一个小男孩的声音响起。

我把扫把从脸上挪开，真是奇了怪了，我就这么老吗？

“我不认识这个人。”罗罗没好气地说。

我瞪了一眼罗罗，刚刚也不知道是谁喊我爸爸！我踹了她一脚，偷偷说：“你对我好点，否则我就把你刚才喊我爸爸的事儿说给别人听。”

罗罗翻了翻白眼，马上换了一副“营业”的表情。

“谷备哥哥，您这边请！”

一边往屋里走，一边拿胳膊肘顶了那个小男孩一下：“让开，笨丁咚。”

跟着罗罗，我径直来到了屋里。这是一间什么屋啊，地面黑黢黢的，灯泡也蒙蒙的，但屋子里坐满了人。中间摆的茶几放满了吃的，人们一边聊天一边剥花生、嗑瓜子，地上是各种各样的壳。一只狗子在人腿中间蹿来蹿去，一只猫窝在椅背上，两眼眯着看那条狗。

“这是……”

“那个剥糖纸的是我大伯，旁边吃花生的是大妈，那个嘴巴像香肠的是我二伯，我二妈估计在厨房……最漂亮的是我红梅姐，那个染了头发的是我哥……”

听罗罗介绍着，我有点恍惚。

“他们是真的？”

“什么真的假的？刚把扫把呼你脸上的是丁咚，隔壁的，过来蹭饭的。一会儿非得把他赶走不行。”

罗罗妈妈说：“罗罗，烧点水。”

罗罗就跑到窗前的一个大水瓮里，掀开上面麦秆做的盖子，用瓢从里面舀水。我从罗罗的身后看过去，发出了一声惊呼：

“这这这这……这里面有鱼！”

罗罗瞪了我一眼：“这有什么好叫唤的。”

“这水能喝？！”我想阻止她。

“你能不能一边去，别来烦我？”罗罗叉着腰不客气地说。

几分钟后，我就喝上了用鱼的洗澡水烧的开水。虽然喝着没什么味道，但我心里总觉得有一股腥味。

说话间，我就被拉进了堂屋，并被按在了一张小板凳上。板凳被时间包浆得光润滑溜，每一个坑，每一条缝，都有无数个屁股扎实摩挲过。

我也忍不住摸了摸那个圆润的边。这时，一张面孔击中了我：

那是坐在最中心的一个小小的身影，她藏在人们略有些夸张的对话中，微笑不语着。

“奶……？”

我忍不住站起来，手里的搪瓷碗一歪。

那个老人看见我的表现，有些奇怪地看着我。

那并不是我的奶奶，可那些沟沟壑壑的线条，和奶奶是多么像啊！

“你跟着我叫奶奶。”罗罗小声对我说。

我咬着嘴唇，低头看见自己的手指关节已经捏得发了白。

这时，罗罗碰了碰丁咚还有我，说：

“一分钟后，房顶上见。”

顺着一个歪歪扭扭的梯子，我和丁咚爬上了房顶。这里放着好多苞米还有秸秆，在房顶的中间，竟然摆着一个小小的火炉！

“一会儿要放鞭炮了，我找了个有利地形，边烤火边等，怎么样？”罗罗冲我们挑了挑眉毛。

“可真有你的！”丁咚一边说一边跑到火炉边，把手伸了出去。火苗把它周围的小脸小手勾勒出了一道道漂亮的弧线。

“罗罗，你爸爸今天估计回不来了。”丁咚突然说。

还没等罗罗反应过来，丁咚又问我：“大过年的，你一个人在外面跑什么？”

一时间，房顶下人声鼎沸，房顶上寂静无声。漫山遍野的凉开始刺入骨髓，雪太大了，大到周围已经混沌一片，不分天地彼此。只有眼前的小火炉发出噗噗的声音，像是一个孩子在嗤笑。

四

我心里其实是很赞叹丁咚的本事的，能凭一己之力把大家搞郁闷，这需要多么精准的打击能力啊。

我虽然大脑一片空白，嘴巴却已经开始不受控制地开始动起来。我感觉要坏事，很可能嘴巴掌握了大脑的主动权，要开始自由发挥了。

我知道，我的老毛病又犯了。

我这个人最怕冷场，遇到大家都不说话的情况总是要试图说些什么，可结果常常更是尴尬。

“我的奶奶今年没了，”这句话说完，我就在心里骂自己这算是什么开场白啊。

“我姥姥也没了。”丁咚说，仿佛是在安慰我，可他紧接着又说，“不过她很早就没了，我一点印象也没有。”

我更郁闷了，好一会儿才说：“我们其实挺怕奶奶的，有一天她梳头，结果梳妆台上一把梳子也没有了，她就左手挽着发髻到处翻，脸色已经开始阴沉了，终于翻出了一把酒店的塑料梳，把头发梳了。”

“我小时候爸妈总是加班……那个时候流行‘996’，我天天见不到他们，家里就奶奶陪着我。她给我包饺子——不是那种买的饺子皮，是自己和面自己擀的，馅也是自己做的，往往一顿看起来平平无奇的饺子要奶奶操持好几个小时。

“我有个朋友第一次去家里，奶奶特地做了一桌饺子，他就偷偷问我是不是奶奶讨厌他，怎么就准备一样吃的。可饺子一进嘴，他就不说话了，后来还老是缠着我要再来吃饺子。饺子配腊八蒜，绝配。”

我说着说着，摸了摸嘴角酸出来的口水。

丁咚也咽了一口口水。

“而且我奶奶有两条特别特别长的胳膊，”我比画着，仿佛那两条胳膊环起来的世界可以装得下眼前的一片星空，“所以我受了委屈，奶奶就总是用长长的胳膊抱着我，摇啊摇，两片手掌把我的后背包了个严严实实。”

罗罗瞥了我一眼，仿佛在怀疑我这么大的个子，究竟得要多长的胳膊才能把我环起来。

“当然只是小时候，我现在已经很少……几乎……没有这么做过了。”我支支吾吾地说。

“但我姥姥一直有个心愿。因为我，这个心愿到最后也没有实现。”我说着说着，眼泪一滴滴砸下来。

“她说她要回老家去看看……她老家就是这样一个小小的乡村……她本来可以回去的，可是她为了照顾我，就一直生活在另一个城市。她总说，院子里的树要长老高了，那条河到了冬天要封冻了，那些果树结桃子了；天特别高，够不着的那种高，可站在下面多敞亮啊……老姐姐不知道是离开那里了，还是已经去世了……后来直到乡村都死了，她也没能回去。妈妈总说工作忙，爸爸更是一天到晚看不到，奶奶已经不能自己去那么远的地方了……拖啊拖啊，就这么拖着拖着，我这么自私，当然也不想让她走，她就一直留在这儿……”

我语无伦次地说着，悲伤就如同幼芽冒了尖，一开始只是鼻头吃了颗话梅般的点点酸，然后就点燃了整张面孔，开始不受控制地、崩溃地大哭起来。

“奶奶……对不起奶奶……对不起……”

胸中的悲哀争先恐后地冲出来，那么多的声音从骨头的每一个缝隙里钻出来。

我从来不知道自己能发出这样的哭声。

我也从来不知道原来悲哀能这样压垮一个人。

如果说，一点悲伤是一片雪花，可一片雪花摞一片雪花，却也压得天地沉沉，不分彼此。

就在这时，鞭炮开始响了起来，烟花喷向空中，照亮了我的脚下，也照出了我可怜巴巴的影子。

丁咚噌地站起来说：“那你就在这里好好玩玩呗，然后回去把这里的故事讲给你奶奶听……她在地下听到，也算是回去了。”

我看了看丁咚，没有想到长得像一根木头的他竟然能想出这样的主意，想也没想就点了点头。

五

就这样，我们三个小孩又在夜色中穿出巷子，偷偷摸摸来到了大街上。

年关将至，路两边的商铺都关了门，可家家户户都亮堂堂的，可以想象，每一个点亮的窗户后面都有一个幸福的团聚家庭。我们穿过一个巷子，又来到另一个巷子，远处传来“罗罗……丁咚……”的呼唤声，可是他俩一边一个拉着我的手，嘻嘻哈哈的谁也没有回头。就这样，我们走过了一个又一个小小的窗户，听到行酒令的声音、奶娃的哭声、摔炮噼噼啪啪的响声，闻到饺子的香味、腊肉的香味还有团聚的香味。

就这样我们走着，走着，眼看着快到了度假村。

虽然之前刚跟爸妈闹了不愉快，但我突然很想把叮咚和罗罗介绍给爸爸妈妈，因为这是真正的乡村，是奶奶活着的记忆。

没想到的是，罗罗突然把手甩开了。

“对不起，我不能再往前走了……”

我不解地看着罗罗。

“我走得离家太远了，爸爸妈妈会着急的……”罗罗担忧地看着来时的路。

“就一下下行吗？我真的很想把你们介绍给爸爸妈妈，他们小时候也生活在这样的乡村里，他们看到你们一定会高兴极了……”我紧紧拉着罗罗的手继续往前跑着。不知不觉，丁咚却放慢了脚步，离我们越来越远。

就在这时，罗罗像一个断了线的风筝，栽倒在了地上，奇怪的电流声从她的身体里发出，像是蛇一样爬进了我的耳朵。

丁咚悲哀地看着我，看着罗罗。

“你们……”

“我们……”丁咚露出一个悲伤的表情，那表情是那么真实，比我的悲伤更要像真的，“你懂了吧。”

“怎么会……刚才那些都是……假的？”我不敢相信地问。

丁咚两手垂在身体的两侧，那样子太像人了：“这里对于你们，是一个沉浸式的度假村，但对于我们，却是真正的家乡。这里所有的痕迹都是我们使用出来的，而不是人为制造的。所以，什么是真的，什么是假的，我和你有不同的看法。”

我一下子无言，转头指着罗罗：“那她呢？……她怎么办？”

“现在，她不受控于这个村落，如果不是你拉着她，她永远也不能离开这里。或许……她可以自己选择。”丁咚说，“就像你们人类，选择离开家乡，还是要回到家乡。”

罗罗站着，束缚她的电流消失了，她又变成了一个人的样子，惆怅的表情出现在她的脸上。现在的她可能面临着和当年我的父母一样的问题。

就在这时，天空中又开始洋洋洒洒地飘下雪花，那雪花在慢慢淹没这个世界，也在慢慢地淹没罗罗的睫毛、发丝、肩膀。那么轻，又那么沉重。在雪花中，这乡村越发显得洁白无瑕。

乡村，这美丽的乡村啊！

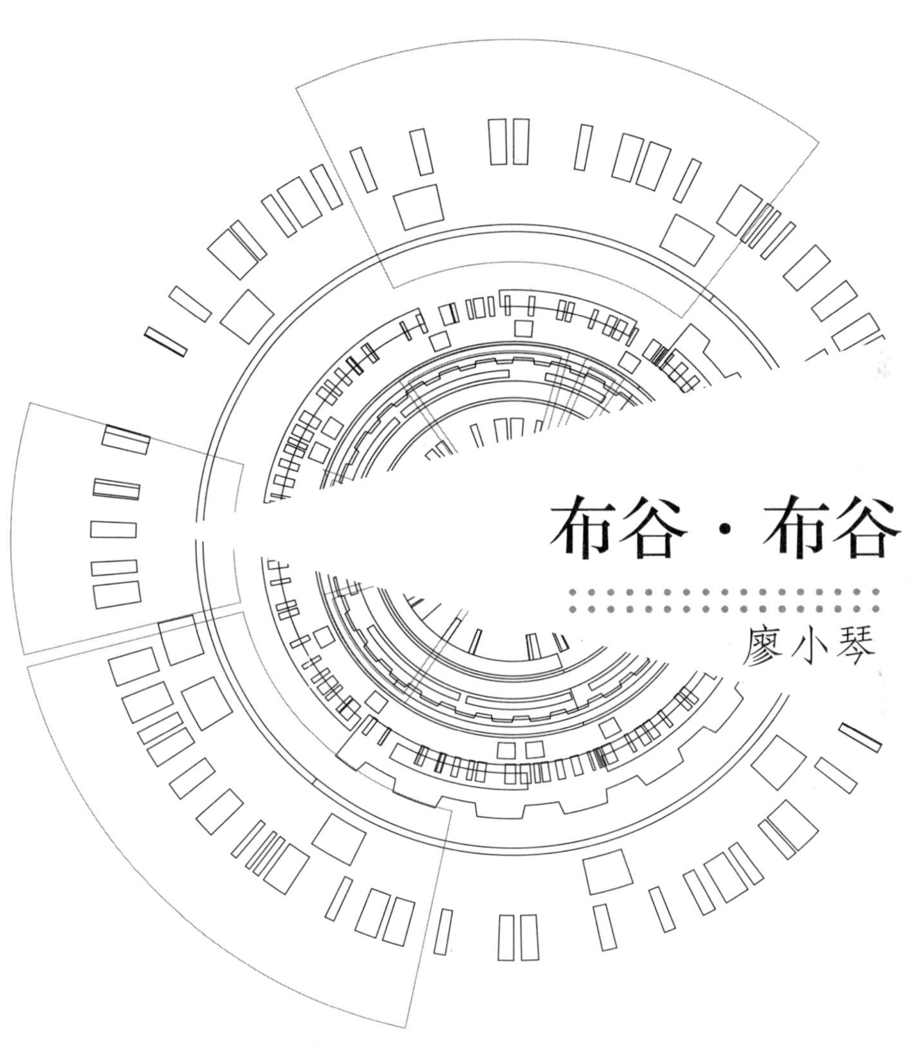

布谷·布谷

廖小琴

一

小舟是在放学路上看到布谷的。

布谷和一个妇人走在一起，身边还跟着一个小女孩。

小舟当时正在玩指尖陀螺。布谷从旁边走过，脸微微侧向妇人，像正听她说什么。小舟吓得手一抖，陀螺掉在地上。

一直目送他们拐过街角，小舟才缓过神。

回家后，小舟在窗边站了很久。妈妈问他在琢磨什么。

“在想老师讲的课。”他撒谎。

“如果觉得难，还是在家学吧。”妈妈又讲。

不，才不要在家里学，小舟想。

虽然很多人都选择在家上学，可他喜欢学校。那里可能会遇到真正的朋友嘛。

妈妈叹了口气，又说起她小时候每个小孩都得去学校。

“还得做作业、考试，大家比赛似的往前跑，得考大学，考名校，每天累得像狗，如果哪天能睡会儿懒觉，都觉得幸福。哪像你们现在，可以选择喜欢的课程，可以选择在家或到学校学习，只要累积到一定分数，达到一定年龄，就可以申请某项喜欢的工作。早知道我就该晚生30年，不，20年也可以……”

唉，又来了，一提起上学，她就可以说上很久。小舟将她推出了房间，然后，重重地倒向床。

布谷。

布谷。

布谷。

刚才是看错了吧？不会是他的。

他已经死了。

淹死的。

小舟永不会忘记那个夏天。

他、布谷、小帆，跟着大他们好几岁的两个哥哥一起去河边玩。一开始，他们没说下河玩的。可是，后来大家都把衣服脱了，剩个内裤，就跳进水里。布谷最来劲，说他会蛙泳、自由泳、蝶泳，还表演给大家看。

他像条鱼，灵活地在河里蹿上钻下。大家玩得累了，就坐在河边，看他游。后来，大家有的跑去撒尿，有的跑去刨水坑，就没谁再看他了。等到大家要回家了，才发现布谷还没上来。后来，人们在下游的河段找到了他。

这些，小舟都记得清清楚楚，连那时的天空蓝得像玻璃都记得牢牢的。还有布谷妈妈接到消息，径直冲到河滩的情景，那张变得煞白的脸，空气中热浪混杂着的水腥味儿，嗡嗡拍翅飞过的一只蜜蜂——他永不会忘掉那天，那一切。

他翻身，将脸埋进枕头。

不，布谷永远不会回来了。他看错了。

吃饭时，小舟想向爸爸问点儿什么。可是，已经过去那么久了，再提会怪怪的吧。

爸爸和布谷爸爸是同事。出事后，布谷爸爸就讲他们会搬走。

果然。

布谷的爸爸妈妈没和谁告别，就离开了。

“可惜了。”有几次，爸爸突然感叹。一开始，小舟还以为他在说布谷，后来才知布谷爸爸是公司的技术骨干，他一走，一些科研项目就往后拖了。

第二天，小舟经过前一天遇到“布谷”的面包店时，忍不住往里看。店里飘着好闻的麦香，只有一个机器人正在负责烘烤和售卖。

“机器人通过芯片做事，不管做出的饭菜多可口，我都不可能接受。”曾生活在乡下的奶奶，非常执着地这么认为。

“没有灵魂的东西，无论做出什么，也是没有灵魂的。”她还振振有词地讲。

妈妈背地里说她是个老古板，可小舟觉得奶奶讲得挺有道理。所以，这就能解释当机器人老师授课时，他为什么会心不在焉了。

小舟是在三天后，又遇到布谷的。

他牵着那个四五岁的小女孩，抱着面包，从店里出来。他们一人含着一根棒棒糖，夕阳落在面包店赤褐色的墙面，又跌落在他们的脸上，碎金般闪闪发亮。小舟一时竟不像是站在店前，而是站在一段梦里。

这次，他跟了过去。

五月的大街小巷，散着栀子花的香气。小女孩一路蹦蹦跳跳，一会儿踢着石子玩，一会儿唱着儿歌。布谷很安静。

拐过街角，经过两排都是枫树的街，就看到一栋门前开满蔷薇花的白色房屋。一位穿着蓝色连衣裙的妇人等在栅栏前，一瞧见他们，忙迎了出来。

小舟认出那妇人。没错，她就是布谷的妈妈。而那男孩无论高矮胖瘦、走路的姿势、说话的声音、偏起头的神情，分明就是从前的布谷。

布谷也讨厌在家上学。

虽然不总是约着上学、放学，但都是男孩，又没有很多兄弟姐妹，他们自然常在一起玩。湖城偏远，人少，绿化做得好，孩子们可以敞开玩，所以当大城市的孩子们流行通过全息屏进入各种社区玩耍时，他们也没那么热衷。布谷鬼点子多，爬树、找知了、捉弄老师的机器人助手，什么都来，是孩子们中的“老大”。

二

小舟确信他见到的就是布谷。

第二天，一放学，他将学习芯片往兜里一塞，就往外跑。

布谷和过去一样，穿着喜欢的牛仔裤和格纹衫。他和小女孩朝着面包店走了过来。

虽然在脑海中已演练多次，等在面包店外的小舟仍然很紧张。

“嗨。”他说。

男孩布谷和小女孩都看向了他。

“嗨。”他们异口同声道。

“布谷。”当内心搁置700多个日夜的名字终于从喉咙钻出，一阵难过潮汐般朝小舟涌去。

“你认识我吗？”布谷困惑地问。

怎会不认识呢？

“他叫你布谷啦！”小女孩踮起脚，眼睛边瞟向小舟，边低声讲。于是，男孩抿嘴，笑容阳光般从深井中缓缓升起。

招牌式的布谷笑容。他就是布谷！

你那天又活了过来，对不对？他们下葬的只是一块木头，是不是？你爸妈想要吓大家，才这么做的，对吗？他们将你带走，是不想你再和我们一起玩了，是吗？这些问题全都一下冲进小舟的大脑里，弄得他好混乱。

“你也来买面包吗？”布谷问。

“不，我不买面包。”小舟忙回答。

“我要和哥哥单独买面包，我最喜欢吃焦糖味儿的。”小女孩吐着舌头，冲小舟扮了个鬼脸。

“我要去买面包了。”布谷说。

小舟下意识地让开了路。

他们走进了面包店。

他不认识我了？他失去了记忆？不——有什么地方不太对劲儿。

布谷没长高。他仍是两年前的个头。

那场溺水，令他患上某种疾病？问题一个接一个，硌得小舟好难受。他抓紧肩上的书包。

他们从面包店走了出来。看到他仍在，抱着面包的女孩忙将面包往身后藏去。布谷则朝小舟点点头。

“我们要回家了。”他微笑道。

“哦。”

布谷和小女孩走在前，小舟跟在后。

和前一天一样，妇人站在栅栏前，等着。

那天以后，小舟几乎每天都“邂逅”布谷。布谷见到他，总会像从前那样，抿嘴，微笑，但小舟感觉到他只是出于礼貌，那笑仿佛是从遥远的地方飘来的。

小舟想弄清是怎么回事。

他将课余时间几乎都用在等待、观察和琢磨布谷上。一次，他也试着将布谷的事告诉爸爸妈妈。

“眼花了吧？”妈妈劈头道。

“可能是长得像。”爸爸倒替他说了话。

“不是长得像，是根本就是！”小舟强调。

“别胡扯。对啦，微积分学得懂吗？我们公司正研制一种学习芯片，以后可以将想学的东西直接植入大脑哦。”爸爸有些得意地讲。

“哎呀，那现在学了不是白学？”妈妈忙感兴趣地问。

“怎会是白学，能锻炼他的思维能力呢！学习芯片虽然方便快捷，但内化为知识，还是需要时间的。”

布谷的话题就这样夭折了。

三

布谷一家看上去生活得很好。他常和妹妹、妈妈打理草坪，锄草、修枝、浇灌。有时，他们还坐在那儿，喝下午茶。他爸爸不常在家，但周末时，会带上野餐篮，驾驶最新推出的喷气式飞车，带一家人出去玩。

看来看去，都是幸福的一家。小舟听爸爸妈妈私下议论过，说布谷的妈妈悲伤得割腕自杀，幸亏被人及时发现，布谷的爸爸也悲痛得一夜白头。是什么，让一切都似乎没发生过？

小舟想找机会和布谷单独说说话，可是他不是和妹妹在一起，就是和妈妈在一起。他从未单独到过任何地方。

一天，突然大雨，他躲进面包店。布谷母子仨也困在那儿。

“阿姨。”小舟鼓起勇气，喊着布谷妈妈。和布谷一样，她困惑地看着他。

“妈妈，这就是那个喜欢吃菠萝味儿面包的哥哥。”

“哦。”布谷妈妈舒展眉头，笑起来，“布言说过你好几次，你在这附近上学吗？”

“嗯，我叫小舟，以前住湖城的。”

“湖城啊，湖城……雨可真大。”

“湖城比较偏，是个小城，但有好多科技公司，比如诺亚公司，就是制造出9型家政机器人的那家。”小舟忙说。

“哦。”布谷妈妈看着雨，漫不经心地应道。

“雨真大。”布谷也在一旁说道。

“嗯，夏天了，雨说来就来。布谷，你冷吗？”

布谷摇头。

“妈妈偏心，不问布言。”小女孩噘起嘴。

“布言，那你冷吗？”

“不——冷。”小女孩拖长声调，嘻嘻笑道。

小舟一时竟不知说什么。

“我见过阿姨的，”过了会儿，小舟说，“一次，下大雨，阿姨给布谷送伞来，身上都淋湿了。我们都好羡慕布谷的。”

“可是，我怎么什么都想不起来了？”布谷妈妈蹙起眉头，像要想起什么。小舟张张嘴，不敢再问下去。

那天后，再见到他们，原本羞涩的小舟都会主动打招呼。他们和他逐渐熟络。有几次，还一起去街心公园玩。

渐渐地，小舟怀疑是自己错了。

面前的布谷，性格分明和以前不同，做什么之前都会看看妈妈。每次玩什么，他都会问：

“妈妈，我可以玩这个吗？”

“妈妈，我可以玩多久呢？”

当妈妈的呢，总是耐心地听，总会笑眯眯地一一回答他。

“妈妈，你要看着我玩哟。”

“好。”

他们亲密得就像两股拧在一起的绳。倒是布言更像从前的布谷，一会儿跑去荡秋千，一会儿不亦乐乎地玩着滑梯。

而布谷玩的时候，妈妈也总是紧张地看着他，生怕他有任何闪失。

“从小，他就总是不小心弄伤自己呢。”她对小舟讲，“我想，男孩子嘛，皮点儿没关系的，可是……”她停了下来，又似乎要记起什么，眼神变得迷茫。

“不好意思，阿姨刚才讲什么来着？哦，我们一起去吃点心吧，今天买了抹茶味儿的。”她的眼睛重新变得清亮，亲热地对小舟说。

天空中，有几朵白云飘过，像鲸鱼，像海盗，像一个坐在门前削土豆的女孩。

四

虽然隐隐觉得不对劲儿，小舟还是想要和布谷重新成为朋友。

他甚至邀请他去家里玩。

“不，不行的，妈妈不同意。”布谷说。

“什么都要妈妈同意吗？”

布谷点头，然后又抬头说：“不那样，妈妈会伤心的。爸爸怕妈妈伤心，他总是担心她。”

“爸爸很忙吗？”

“嗯，他让我好好照顾妈妈。”

“你照顾？”

“爸爸相信我会将她照顾得很好。”

小舟就笑，说：“你怎么照顾呀？”

“陪着妈妈，不让她担心，听她的话，不惹她伤心。”

这算哪门子“照顾”？

“那……谁照顾你？”

“我啊？爸爸吧。他会照顾我，每周都会帮我检查身体。”

回家后，小舟装着无意间想起。

“爸爸，你讲过布谷的爸爸叫缪什么来着，曾经很厉害，对吧？”

“缪波博士——怎么，你对类脑科学也感兴趣啦？”

“嗯。”

爸爸滔滔不绝地讲起类脑科学史，说AI最大的技术壁垒就是无法让机器人拥有人类的思维能力，为此各国科学家都启动脑科学和类脑研究，想要探索出大脑的终极秘密，攻克大脑疾病，并发展和推动AI设计。

小舟找出了缪博士在网上发表的类脑研究论文，还查找出他是一家医院的首席科学家。

医院？他不是更该在AI公司吗？

妈妈和爸爸商量起更换机器人的事，说看到朋友家的10型家政机器人不仅会各种家务，烹调各种美食，还会陪孩子们创作、画画、踢球，甚至可以带他们去旅行，更重要的是看上去就像真人。

“我可再也不要整天面对一个金属的家伙。”妈妈也不管家里那个服务三年的机器人是否有自尊心，就当着它的面讲道。

“你没看新闻吗？”爸爸问。

“什么新闻？”

“10型机器人有可能会被召回，因为有家庭开始嚷嚷它们太像人，让他们感到恐慌，还有就是怕发生一些伦理上不道德的事。而‘AI委员会’也吵着这种机器人没经过风险评估阶段，说要达到99%以上的满意度才准再生产。”

……

小舟一边听着，一边继续查着那家医院的资料。那是家大医院，下设很多专科医院，还有科研机构。

他没想到会接到缪博士的电话。

五

虽是八月，却并不太热。小舟第一次坐进圆球形的飞车，它带着他们停在一处山顶。

“我一个人常来这儿。”缪博士帮小舟拉开车门时说道。一路上，他们都没说话。

“我知道你叫小舟，在布谷留下的视频里，你出现过13次，一次是和他拍球，一次是和他换鞋子穿，一次是和他在课堂上一起做鬼脸儿，一次是他将石块放进你帽兜里，一次是你们比赛谁尿得高……”他声音低沉，缓慢地一一说着这13次。许多事，小舟都忘了。

然后，他抹了一把脸，看着远处连绵起伏的山，说：

“有雷电的夜晚，闪电会从那些山后燃烧而起，像是给它们戴上的冠冕，又像要将它们全都摧毁。我有几次站在这儿，心惊胆战地看完后，就会变得平静。”

“他们会担心你的。”小舟说。

“几个月前，我在察看布谷的脑芯时，看到了你。坦白地讲，我不知道怎么办，只好让一切顺其自然。”

“阿姨知道布谷不是真的吗？”

“我不知道，我帮她删除了那件事的记忆。”

一只蚂蚁正若无其事地爬过小舟的球鞋。他低下头，想要说点儿什么，却发现喉咙被巨石般的东西堵住。

“是她让我做的，她说她太痛苦了，想要继续活下去，想要继续做个妻子和母亲，如果带着那段记忆，她只能想到死亡。我只好在看了布谷离开前的所有音像资料后，设计出了他。”

“你改变了他。”

“她很自责，总觉得是自己的纵容让布谷太调皮，是自己的疏忽导致他的罹难，我想让她拥有个她想要的小孩，听她的话，温柔、体贴她，不让她担心和害怕。”

山风卷着林木的清香，吹向缪博士满头花白的发。

“你是偷偷设计出他的，对吗？”

“是的。”他顿了一下，“不是每个人都接受AI像正常人一样，生活在人类社会。”

“为什么要告诉我呢？”

“因为你曾是布谷的好朋友，还因为你已发现他不对劲儿。我想告诉你真相，还想问你，你愿意再次和布谷成为朋友吗？布言很快将有自己的小世界，会拥有其他的朋友。我不想回家时，看到他孤单地坐在沙发上等我、等妈妈，他也应该有朋友，不是吗？”他又抹了一把脸，眼睛看向那些远山。

“我还不知道该如何和一个AI成为朋友。”

“我会教你的。”

“他会长高吗？”

“我会让他长高。”

“他会讲笑话吗？布谷曾说过要给我讲笑话的。”

“如果你想听，下次我会设计进去。”

“他能吃冰激凌吗？”

“只能吃少许的。”

“那我可以给他买一小杯蓝雪。”

……

落雨了。

“有一天，他也会变得和我们一模一样吗？”小舟问。

“如果我们赋予他爱，他也许就会有光，会和真正的人一模一样。”缪博士将小舟搂在他的风衣下。

准备上飞车时，小舟问了那天最后一个问题：为什么你要选择去一家医院呢？

“因为那里有许多失去亲人的人嘛。”缪博士轻描淡写道。

车在云层中拖出一条长长的线，小舟将脸贴向玻璃，望着渐远的群山，想着明天也许可以教布谷玩陀螺。

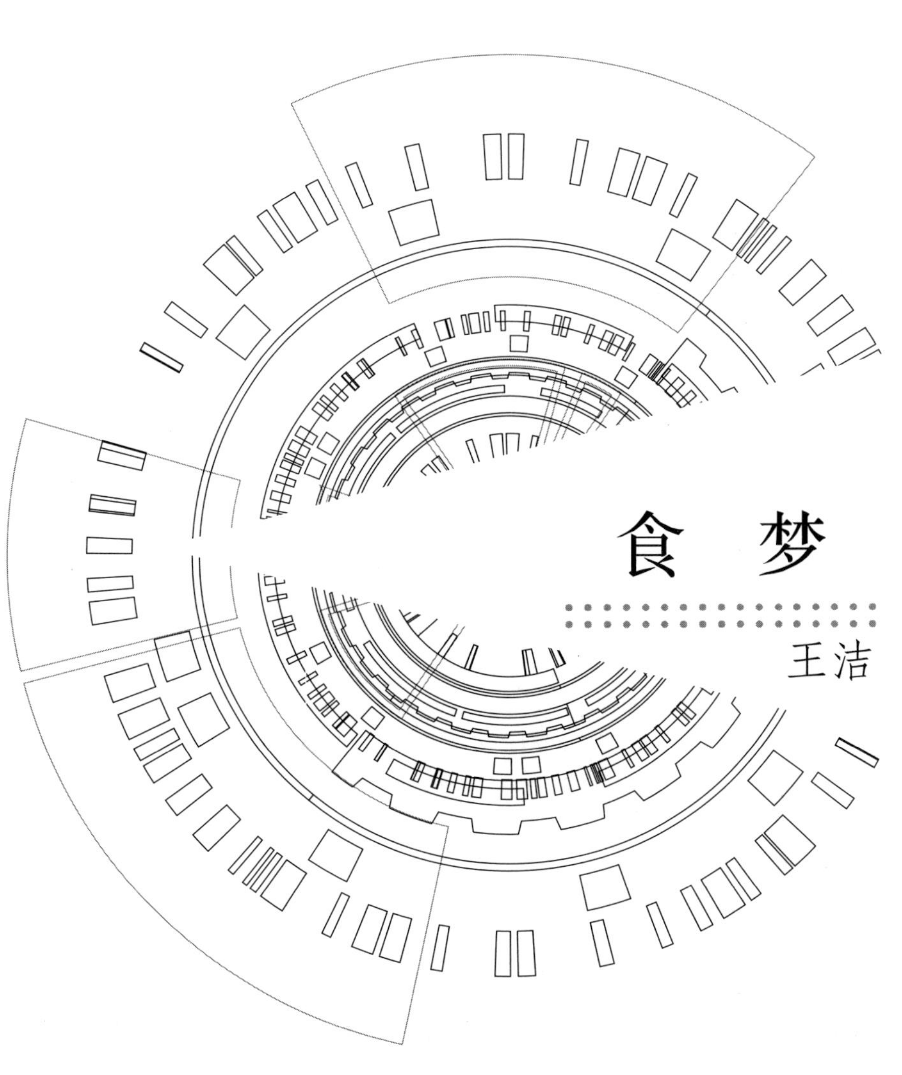

食梦

王洁

我是在妈妈的自行车后座上第一次看见它的。

妈妈在国营杂货商店当售货员，每天傍晚五点半下班。她骑着一辆吱吱嘎嘎的红色自行车，载着我穿过喧闹的小城街市回家。爸爸厂里的职工宿舍在市郊，那里是我们一家三口的家，骑自行车有20分钟的路程。对我来说，这是一天里最无聊的时刻。

我坐在自行车后座上，睡眼蒙眬，脑袋贴在妈妈的后背上。绿灯亮起，妈妈跟随着汹涌的自行车大潮穿过十字路口，就在街角转弯处，我突然坐直了身子。

“妈，你看！那是什么东西啊？”我惊呼了起来。只见在紧挨百货大楼处矗立着一团巨大的阴影，那是一头我从来没有见过的生物，个头比百货大楼的钟楼都要高。那怪兽长着一只弯弯的长鼻子，犹如山峦的身形浸在晚霞中。此刻它正低垂着眼眸俯视着我，目光像湖水一样沉静。

“什么？”妈妈被我吓了一跳。她顺着我手指的方向望过去，在金红色的漫天晚霞中，大楼后面只有一团层层叠叠的火烧云，那里并没有什么巨型怪兽。难道是我眼花了吗？我揉了揉眼睛，那团火烧云突然闪烁了几下雪花点，就像是信号不好的电视画面，随后又恢复了原状。

我还想喊妈妈再看，可是身后传来了别人“丁零丁零”的车铃催促声。妈妈没有再理会我，她把住车龙头跟随着自行车大潮驶过路口，我坐在后座上频频回望，可是那团火烧云再也没有任何变化了。

等我们回到家时天已经黑了。因为爸爸出差了，家里就只有我和妈妈。妈妈正忙着做晚饭，我趴在爸爸的书桌前，摆弄着他那台“红灯牌”半导体收音机。我转着机器上的大旋钮，收音机里传出“沙沙沙”的噪声。爸爸在晚饭后会在收音机前收听股市行情和天气预报，有时会听单田芳的评书节目，总是那固定的两个频道。今天爸爸不在家，我就可以随心所欲地换频道了。我一下子将旋钮拧到了底，收音机表盘上的指针陡然冲到了顶。

突然，收音机里沙沙的杂音消失了，一个僵硬的机械音在嗡嗡嘶鸣：“神经接驳装置退出故障，虚拟场景渲染系统超载30%。响应超时，请重试！”房间里暖黄色的白炽灯剧烈闪烁起来。在忽明忽暗间，我看见房间的墙壁和地板中流淌着一股股绿光荧荧的数据涓流。我吓得大叫一声，夺门逃了出去。

我站在门口瑟瑟发抖，不理解刚刚看到的一切。那是幻觉吗？就和我在街口看到的怪兽一样？我愣在原地，直到妈妈喊我吃饭，我才回过神来。我小心翼翼地将房门打开一条缝，朝里面瞄了一眼：房间恢复了原状，收音机里传来邓丽君的歌曲，好像什么也没有发生。

我心里隐隐感到了一丝不安。

当天晚上，我在噩梦中尖叫着惊醒，妈妈急忙从隔壁房间跑到我的床前，打开床头的台灯，轻轻问我怎么了。

“我做了一个噩梦。”我啜泣着说，“我梦见我长大了，躺在一台冷冰冰的机器里，头上戴着奇怪的头盔。一个穿白大褂的女人站在我的面前，捧着一块玻璃面板在上面点点画画。那个时代非常遥远，好像是在21世纪。”

妈妈指着五斗橱上方的挂历给我看。挂历上波浪卷发的时髦女郎笑颜如花，旁边鲜红的字体印着1987年和生肖兔的图案。这让我安心下来，那只是一个梦境。21世纪是多么遥远的时代，我想起老师说的，没准到那个时候，我们都已经实现“四化”、移居火星了。

“我今晚能和你睡吗？”我问妈妈，“我害怕又做噩梦。”

“可以啊。”妈妈说，“等你长大了，你就不会怕噩梦了。”

我环视了一圈这个温馨的小房间，暖黄色的灯光给一切都蒙上毛茸茸的质感。“等我长大了，这一切都会改变吗？”我想起噩梦中那个冷冰冰的未来，“我不想长大，我想永远待在这里。”

“一切不会改变，永远都不会改变。”妈妈的眼睛闪烁了一下。

于是，我钻进了妈妈的被窝，很快就睡着了。不知过了多久，我被窗外一阵沉重的脚步声吵醒了。我揉着眼睛坐起来，发现妈妈并不在身边。隔着飘动的窗帘，我发现有一头巨型生物伫立在窗外。它比整栋宿舍楼都要高大，在黑夜中瞪着一双发光的眼睛看向了我。

这是我在百货商场后面看到的那头长鼻怪兽！我吓得从床上一跃而起，冲出了家门。爸爸厂里的职工宿舍有一条长长的走廊，我沿着走廊一路狂奔，邻居家都亮着灯。我想挨个去敲邻居家的门求助，可是走近一看才发现，所有的门窗和灯火都变成了印在墙壁上的马赛克图案。所有的人都不见了。

我冲下了楼，慌张地跑到了大街上。街道上空旷无人，一盏盏昏黄的灯光延伸至远方的黑暗中。巨大的怪兽就屹立在街道中央，身披厚重的黑色皮毛，与无边的夜幕融为一体。它居高临下俯视着我，双目犹如明焰一样在熊熊燃烧。

“别害怕。”它耸动着长长的鼻子，用醇厚如夜的嗓音说道，“我不会伤害你的。”

“你是什么？”我怔怔地说，“我，我这是在做梦吗？”

“是的，人造的长梦。”怪兽沉沉低语，“我是貘，我以梦为食。”

我听不懂它的话。“跟我来。”巨貘转过身去，沿着长街缓步走远，街灯在它巨大的身躯上留下斑驳的光影。它带着我穿过星夜下的城市，一块块灯光凝固在夜色里，如同剔透的黄琥珀；群星也定格在天空中，不再闪烁，也不再游移。一路上的楼房、巷道和小桥都泛起荧荧绿光，无数股数据涓流在建筑物的缝隙间汩汩流淌着。一个机械音在云层中嘶鸣：“神经接驳装置退出故障，虚拟场景渲染系统超载75%。响应超时，请重试！”

我被周围的景象吓到了，仰头问巨貘：“你要带我去干吗？”

“醒来。”它答道。

就这样，我们来到了市郊的少年宫，爸爸在周末时常带我来这里玩。少年宫的外墙上绘着戴着红领巾、穿着海魂衫的卡通大熊猫，它突然朝我眨了眨眼睛，贴着墙壁往前飞奔而去。“就是在这里。”貘俯首望着我，它的目光深沉而温柔，“这里是梦境的源头，一切问题的答案。”

我走进大门，前方是一条悠长的走廊，四周笼罩着幽蓝色的光影，就好像是在深邃的水底。我往前走去，各种物件在我身边飘过：彩漆的儿童三轮车、装饼干和装宝塔糖的方形彩色铁盒、嗒嗒作响的发条玩具青蛙……在奔涌的数据涓流中，无数的物件突然生成，又突然消失。

“这是怎么回事？”我环顾着四周。

“这座小城并不存在，是程序模拟出来的。”貘的声音响起，仿佛在远方，又仿佛在耳边，“这是一套由AI支配下的虚拟现实系统，它读取了你记忆深处的内容，并以此模拟出了这座20世纪80年代的小城。随着你沉浸越深，AI对记忆的读取就越细致，这座城市得以不断地生长。我们已经不能关掉它了，除非是你从这场数字长梦中主动醒来。”

此刻，我走到了走廊尽头，一架哈哈镜耸立在眼前。镜中我的面孔不再是孩童，而是一个满脸胡茬、面容憔悴的男人。我下意识地抬手摸了摸自己的脸，却触碰到了一个冰冷坚硬的东西：那是扣在我头上的VR头盔。

AI可以模拟出无限接近真实的世界，所有我们埋藏在记忆中的一切都能以二进制代码的形式重塑出来。但那些幸福和温暖，那些感受到的爱，虽然也是人造的幻影，却有着别样真实的意义。

我摘下了头盔，那个机械音提示道：“神经接驳装置退出成功。”

我睁开双眼，发现自己躺在冷冰冰的沉眠舱里。一个穿白大褂的女人站在我的面前，捧着一块平板电脑在操控着。“你终于醒了，欢迎回来。”她微笑着说。她的眼睛沉浸而温柔，一如穿行于梦境中的貘。

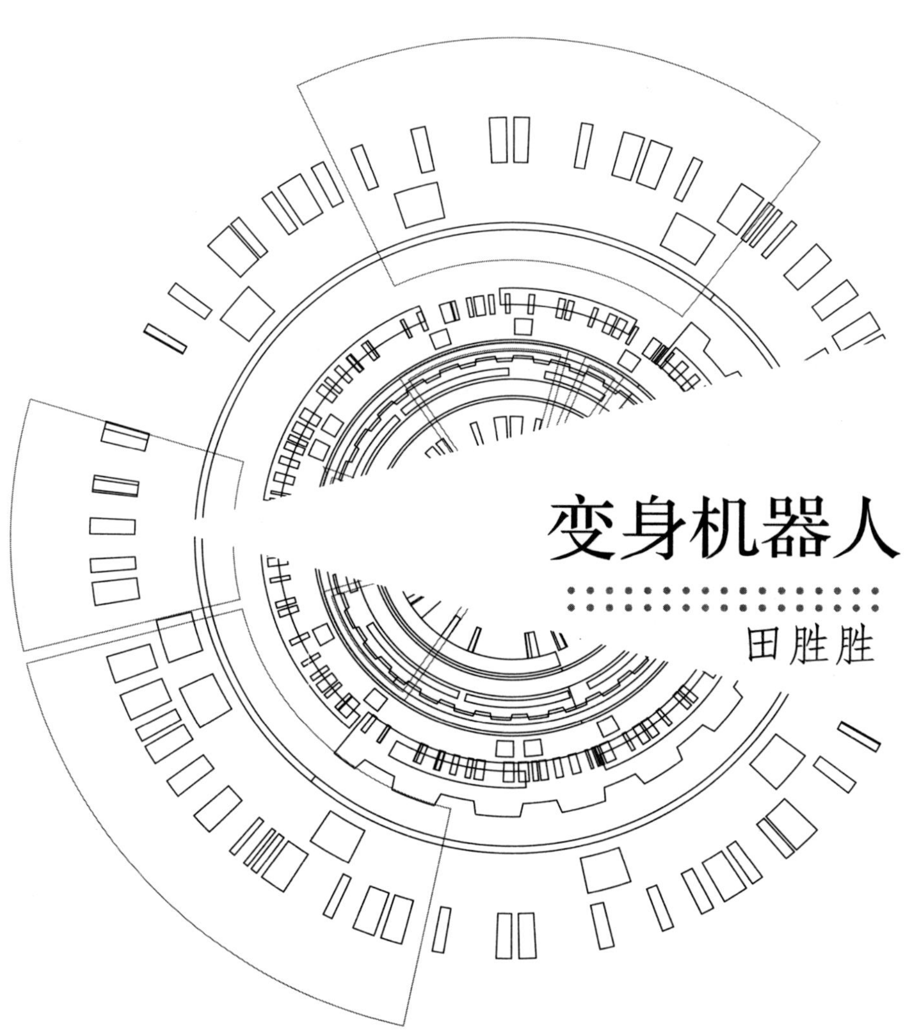

变身机器人

田胜胜

一、机器人出逃

阿明哥下楼取了快递，回来时发现自家的门敞开着。

“糟了！”阿明哥冲进家门。只见浩杰被五花大绑在椅子上大哭：“阿明哥，救我！”

“这是怎么回事？”阿明哥差点儿晕倒。

浩杰是阿明哥楼下的小学生邻居，刚才来找“鬼才发明家”阿明哥玩。一进屋子，浩杰就吓了一跳：一个和他年纪差不多的女孩子被捆在椅子上。

原来，阿明哥最近研制出一个高仿智能机器人，可以完美模仿人的言行举止。原本这是件好事，可是因为这机器人太智能了，不听主人的指挥不说，还在外面“为所欲为”，捣蛋生事。阿明哥这才把她捆了起来。

刚才快递打电话要阿明哥下楼取件，阿明哥叮嘱浩杰，不管机器人说什么，都不要帮她解开绳子。

阿明哥一出门，浩杰就跑到“女孩”面前：“你好，我叫浩杰……你真是机器人？”

“你好，我叫琪琪，”女孩眨眨好看的双眼，并不急着回答浩杰的问题，“我们交个朋友吧！”浩杰原本警惕的心放松了下来。

“我胳膊好酸啊，”琪琪抱怨说，“能帮我解开绳子吗？只要五分钟就行。”

浩杰觉得男生保护女生天经地义，尤其是像琪琪这么可爱的女生。结果绳子刚一松开，琪琪就放出一股电流把浩杰击昏，接着把他捆起来后逃之夭夭……

“你这个笨蛋！”阿明哥蹲下帮浩杰松绑，到底是个小孩子，这么轻易就被骗了。

“唉，这下麻烦大了！那个机器人可以变成任何她见过的人的面貌，”阿明哥得意一笑，“不过就算如此，我也有办法找到她。”

“什么方法？”浩杰好奇地问。

“我在她的身体里植入了GPS定位器，”阿明哥神秘地掏出一个遥控器，“呵呵……只要我按下这个遥控器……”

阿明哥话还没说完，就被“浩杰”手掌发出的一股强电流击中，然后倒在地上抽搐。“浩杰”从阿明哥的手里轻而易举地拿走了遥控器。

“呵呵，终于把主人的话套出来了。”机器人得意地笑了笑，接着打开阿明哥家的壁柜，对着里面被五花大绑的浩杰说，“一切能这么顺利，还真是谢谢你了呢。”

浩杰手脚被绑着，满腔怒火，出声对着这个变成自己模样的机器人抗议。

“拜拜，琪琪要出去了。”机器人随手拎起浩杰的书包，给了阿明哥一个调皮的微笑，扬长而去。这次好不容易逃出主人的掌控，她要玩个够。

阿明哥艰难地从地上爬起来，这次他被机器人彻彻底底地耍了：“好你个琪琪……居然这么对你的主人，看我不把你抓回来，拆了卖废铁！”

浩杰低下头，不敢看阿明哥，自己这次又闯了祸了。唉，阿明哥呀，谁叫你发明出这么有头脑的机器人呢？

二、大闹学校

此刻，机器人“浩杰”正坐在教室里听课，班主任唐老师正在抽查大家背诵古文，昨天讲的是《岳阳楼记》，需要全篇背诵，很多同学都是磕磕巴巴的。“不就是背诵古文么，至于难成这样？”机器人像在看一场马戏。“浩杰，你在想什么呢？”唐老师发觉浩杰在走神，把他叫了起来。

“老师，我在想，他们实在是太笨了，”机器人站起来，“连篇课文都背不会！”所有人都撇嘴，谁不知道浩杰是班里出了名的淘气包？

“你说大家笨，那么好，你就先把课文整个背一遍。”唐老师扶扶眼镜。

机器人得意地晃晃脑袋，她的脑海里储存着世界文学语料库，《岳阳楼记》《醉翁亭记》《黄鹤楼记》，统统都不在话下。“庆历四年春，滕子京谪守巴陵郡。越明年，政通人和，百废俱兴……”机器人流畅地背出了《岳阳楼记》的全文。

全班同学都张大了嘴巴，老师也是两眼直勾勾盯着“浩杰”：这孩子今天……怎么回事？

“浩杰同学不愧是咱们班的后起之秀，”老师示意“浩杰”不要再背下去了，“你是用了什么诀窍？和同学们分享一下好吗？”

“哈哈，这还不简单，”机器人得意忘形，“我就是用了堆栈排序和全文检索引擎……”她发觉自己说漏了嘴，赶紧打住，“没有……没有……背着玩的……”

同学们像看外星人一样看浩杰，显然没听懂，唐老师的眉头皱了一下。

下了课，唐老师坐在办公室里，浩杰和阿明哥急匆匆地赶来了办公室。“唐老师，我知道我接下来说的话可能不会让你相信，但是一切是真的！”浩杰向唐老师求救，“有个变成和我一模一样的‘盗版冒牌货’，背着我的书包，她可能现在就在学校里！”

阿明心想他们别被唐老师当成神经病赶出办公室，没想到唐老师却出奇地镇静，“难怪课堂上的浩杰那么反常……”唐老师恍然大悟。

“她真的在班里？”浩杰欣喜。

唐老师把机器人在课堂上的表现说了一通。“我问他怎么能背诵得这么好，结果他说了一大堆计算机的术语，”唐老师自言自语，“学生们没听出来，还好我计算机学得不错，知道他说的是什么。”

阿明哥和浩杰对视，绝对没错了！“等一会儿上课了，她一定会回到教室里，到时候咱们来个‘瓮中捉鳖’！”阿明哥打好了如意算盘。

上课铃响了，唐老师、阿明哥、浩杰都在班里等着，可是等了好久假“浩杰”也没回来。三人又等了一会儿。“看来是走漏了风声，跑掉了。”阿明哥遗憾地叹气。

放学的时间到了，三人一起走到校门口。“给您添麻烦了。”阿明哥不好意思地对唐老师说。“没事。”唐老师微笑，三人准备分别。

“站住！你这个冒牌货！”背后忽然传来一声大吼，浩杰回头，一个衣冠不整的男人跌跌撞撞地跑来，他居然和唐老师长得一模一样！

“怎么回事？！”连阿明哥也凌乱了。

“我觉得浩杰这孩子不大对劲，就在下课的时候把他叫到办公室，可是刚问了两句话，他的手里就发出一道电光把我打倒在地……”那男

人着急地申辩，“我眼睁睁地看着他变成了和我一模一样的外形，他把我捆绑好锁在了学校的仓库里……”

“你胡说！”“唐老师”急了，“你诬赖好人！我跟你拼了！”

两个“唐老师”滚成一团，打得天昏地暗。“这究竟是怎么回事啊……”浩杰真的感到头晕了。

三、谁是真的？！

众人好不容易才把打架的二人拉开。围观的人越来越多，连校长都出动了。“你们两个，谁是真的唐老师？”校长看看这个，又看看那个，真是活见鬼！

“我是真的！”两个唐老师异口同声。

“阿明哥……是哪个？”浩杰悄悄问阿明哥。阿明哥一个劲儿地摇头，刚刚两人滚成一团，谁是谁早就分不清了。

“你们两个谁也不许走，”校长宣布，“我们到会议室查明真相！”

此刻，会议室里站着两个唐老师，以及校长、阿明哥和浩杰。“阿明哥，你发明的机器人在变成人形后和普通人有什么区别？”浩杰问阿明哥。

“没有区别……”阿明哥苦恼，自己当时怎么挖了这么大一个坑！“有了！机器人只能模仿外形，并不能复制所变人的思想！我们不妨问他们只有唐老师才知道的事情！”

大家都觉得这是个好办法。“请问，是谁在上个教师节聚会的时候哭了？”校长发问。

“是高三年级的李文清老师。”唐老师脱口而出。

“李老师当时接到了报喜短信，她班上得白血病的郝妙玲手术成功了。”机器人补充。

所有人大眼瞪小眼：两人都知道这件事！

“您的儿子叫什么名字？”

“唐小米。”唐老师不假思索。

“我叫唐大米，他的姓随了我。”机器人说。她已经事先扫描了唐老师办公室抽屉里的日记、教案和工作日志。

校长一点办法也没有了。“这张集体大合照里，哪一个是您的儿子？”浩杰拿出一张小学毕业班的照片。

唐老师当然知道是哪个，而机器人事先对抽屉里所有的照片作了“人脸识别”，也轻而易举地答出了正确答案，浩杰像斗败了的公鸡，真是没辙了！

就在大家都绝望的时候，一言不发的阿明哥忽然想出了一个点子：“我想考考你们的专业知识。”

两张白纸被分发给了两个“唐老师”。

“请在白纸上以《难忘的×××》为题，写一篇作文。”阿明哥提要求，“写作完毕，我们马上用网上的‘防抄袭系统’查询，谁的文章在网上找得到，谁就是机器人！”

机器人脸色越来越难看，终于，她把手中的作文纸揉成了碎屑。“主人，你赢了，仿生智能终究抵不过人脑！”她冷笑了一下，“不过我还有我的王牌，那就是我的战斗力！”

机器人双手放出电光，会议室被打个乱七八糟，大家尖叫着四处乱躲，机器人从大门夺路而逃。

“封锁住校门，一定要抓住他！”校长下令。

大家对教学楼逐层排查，可是找了好久也一无所获。“阿明哥，”浩杰忽然跑到阿明哥身旁，“我听到地下室有动静……或许琪琪就在里面！”

阿明哥抓住了一线希望，赶忙跟着浩杰下楼，两人走进了伸手不见五指的地下室。

“浩杰，你确定她就在里面？”阿明哥有些害怕了，“浩杰？浩杰？”

没有人回应他，阿明哥忽然后背上冒出了冷汗：叫他来地下室的这个浩杰……是真的，还是假的？

同学们，如果你最近发现身边的同学有些反常，说不定，那就是出逃的机器人琪琪……

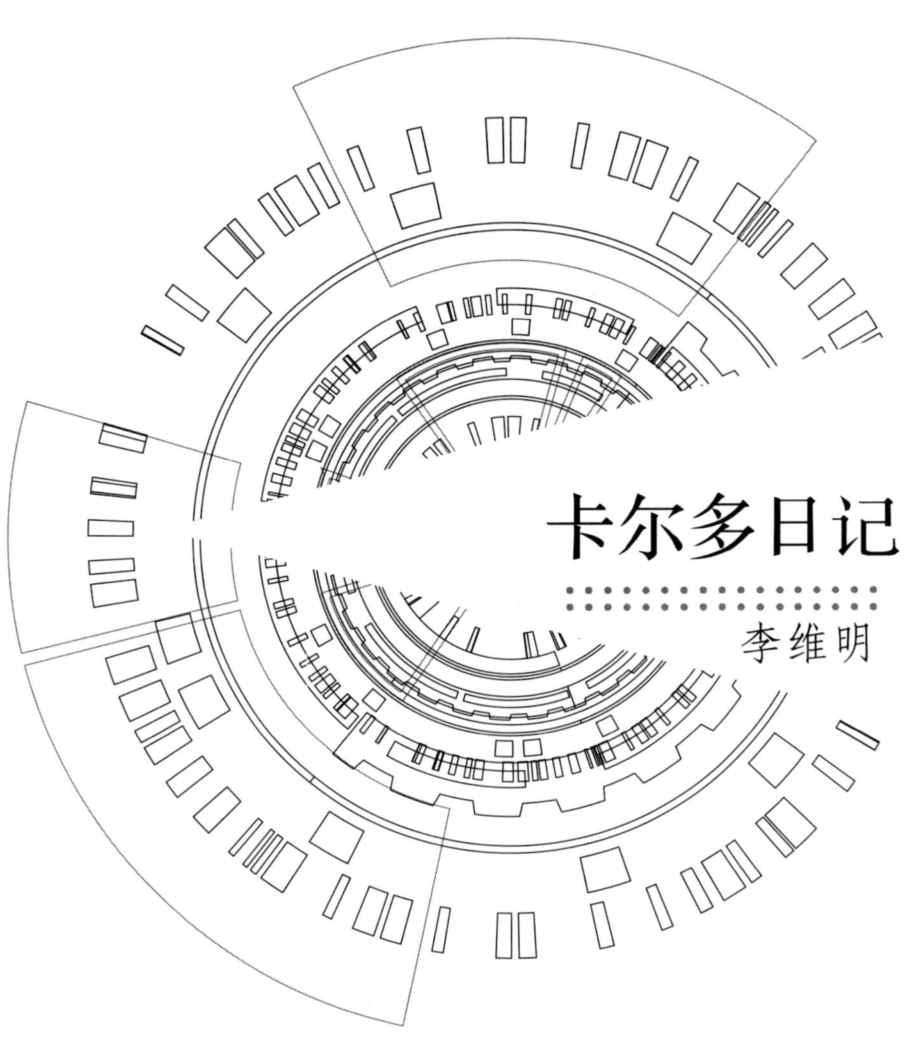

卡尔多日记

李维明

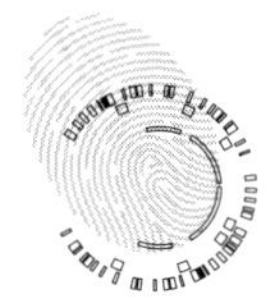

D星纪年1523年第132日，K星人入侵。几乎没有发生战争，K星人兵不血刃，轻易地占领了D星。

他们的航天器在距离D星很远的地方停下来，然后用一架微型飞行器悄然飞抵D星并逼近总统府，接着用一大群机器蚊进行奇袭。

其中一只机器蚊成功地把一枚“听令”程序成功射入总统大脑。“听令”，就是“我发布命令，你执行”的意思。

目的达到，机器蚊们即刻返航。

果然，总统立刻就成了某种意义上K星的人。他的言行当然地代表了K星人的利益。

总统是一个KR-A-3型机器人。这个型号是D星最高档的机器人，而且仅此一人。

半小时之前，他还在D星球电视台发表了演讲，呼吁人民奋起抵抗即将到来的侵略，他是那么的慷慨激昂，那么的正义凛然，演讲也极富感染力，但现在他又在电视台让大家放下武器与K星人合作。

他全然忘记了自己半小时前说过的话。

D星人如坠云雾。

总统说：“谁如果反抗K星人，后果是严重的，那就是置D星球全体人民的生命于不顾，让D星处于危难之中，我们必须不惜一切代价制止这样的鲁莽行为！记住，不惜一切代价，这意味着我会命令军队动用武力！勿谓言之未预也。我说了，这有电视为证。另外，我们还将要与K星人合作，而且是全面的无条件的合作。”

他忘了他曾经说的奋起抵抗也是有电视为证的。

他还说：“K星人科技水平高出我们很多，他们将给我们带来永远的和平，带来全方位的进步。我们在K星人的领导下将获取意想不到的幸福。我愿意做一个K星人忠实勤勉的奴仆。”

总统具有至高无上的权限，他的话没有人敢不执行。这是D星球的规矩，是铁律。

K星人也没有采取进一步的行动。他们的航天器在空中调转了一个方向去了别的星球。

D星很快变得一如既往的平静，就像什么事也没有发生一样。偶尔有人说起，比较一致的说法就是我们的总统英明。是呀，不抵抗政策使得K星人畏惧而去。

畏惧而去，是的，媒体一度用了这样的说法。

D星人为什么要让一个机器人当总统？

原因不复杂，因为他的脑子转得快。最复杂的数学题，他可以在0.00001秒之内搞定，他可以在一个时间单元内同时处理N件事，有条不紊，而且采用最优解。

当然，曾经有人不服气。

机器人接受了一系列挑战，无论是智力还是力气，D星没有一个人可以胜过他。他是最强者，于是他便是可靠的。

这在逻辑上显然站不住脚，但D星人就是这么推演的。他们自古崇尚智力和力气，认为这是世界上人类最为重要的品质。

他们信服这个。

他们中大多数人没有想到把一个星球的管理权交给一个机器人来管理，风险是多么的大。

但也有人确实想过，譬如D星球星立图书馆的馆长卡尔多先生。可他的声音微弱，没有人听到，或者说听到了，也没被当回事。

他曾经写过一篇长文《论机器人掌管我们的命运之不靠谱》，这篇长文发表在《D星人》杂志上。

但这一期杂志后来被销毁了。销毁的原因未做任何解释，据说是总统指令，这就足够了。

那么，等待D星人的将会是什么呢？

不知道。一切只能交给时间了。

大多数D星人甚至认为这是杞人忧天的玩笑。总统都说可以了，我们还需要怀疑吗？

将近十年时间一切依旧。

总统依旧还是那个机器人总统。他的设计寿命是100年，不出意外的话，他还可以在任上再工作不少年。

D星人过着和以往一样的生活。他们中的成年人每天去上班，孩子则去学校读书，老人在家安享晚年。

一派祥和的场景。

大街小巷偶尔可见K星人。他们面带亲切的微笑，见人总爱点头致意，说话也用敬语，看到孩子他们也喜欢得不行，还会从口袋里掏出美味的食品递给孩子吃。他们显示了很高的教养。这在D星球并不多见。

他们是在D星1529年第18日来到D星的，D星总统亲自去航空港迎接这些来自K星的“客人”。

总统谦恭地与这些K星人一一握手，K星人则以90度的鞠躬向总统致意。孩子们在喜气洋洋的乐曲声中给每个“客人”送上了一束五色的鲜花，并接受他们的吻礼。

几辆大巴把这些尊贵的客人送去总统府。总统将设宴招待他们，然后让他们下榻在D星迎宾大酒店。

从此，D星就不断有K星人抵达。他们是旅游还是工作或是另有目的，没有人知道，也无人过问。

D星1535年第12日，D星进行了一次著名的实验。实验实施者是K星的一个著名教授，实验对象是D星人。

这位著名教授把一群尚未上学的D星孩子置于一个思维场中。

思维场是由一个小盒子一样的仪器发出来的。据说这个思维场由K星人中最杰出的100名教授、博士的思维力有机地组合而成。其合成、运行机制很复杂，一时也说不明白。

另外，这个思维场的智力是联网的，这样可以即时地、不断地得到补充，而不必担忧它的滞后。

在思维场中，这一群D星孩子立刻就变得知识渊博而且具备了顶级学者的科研能力。

他们每人做了一份试卷，其难易程度是D星星立大学博士生级的水平。这不是说说而已。K星著名教授让这群孩子与相同数量的博士们进行了同一张试卷的测试。

测试结果是孩子们赢了。

那些来测试的博士们低着脑袋灰溜溜走了出去。有一个博士对着镜头说："我打算放弃争取博士学位，这些在未来将是一文不值。以后只要置身于思维场之中，只要你愿意，任何人都可以成为顶级专家。那么辛辛苦苦地学习还有任何意义吗？我们将从传统的僵死的学习体制里获得解放。现在，这一天终于到来了！"

著名教授在实验结束后说，思维场将使D星球文明实现跃迁式发展，科学技术也会有长足的进步。

无数D星球人通过电视直播观看了这个实验。他们为这个实验的成功欢欣鼓舞，并迫切地希望这一技术尽快在D星球实施。

教育的话题成了热点：教育完全是多余的了，学生彻底解放了，老师应该要失业了，赶紧找出路吧。

众说纷纭。有人哭，也有人笑。极少数人在沉思。

D星球1536年第74日，总统正式宣布取缔这个星球的所有学校办学资格，由思维场对全球人进行人的行动指导。

开始有人反对，还有一些教师上街游行，他们举着大幅标语：反对取缔我们的学校！教师要吃饭，我们不能失业！

他们反对的理由浅薄，仅仅是吃饭问题，而深层的问题，他们似乎还没有想到。难道仅仅因为你们的吃饭问题，社会就必须停滞不前、放弃发展的机遇？有人这样反驳他们。

他们的反对根本就没有用，总统也失去了耐心。他下达了命令，警察们立即开始了大规模搜捕。

许多人被捕入狱。

这些人入狱不久便失踪了。有人说他们被秘密处死，有人说他们成了奴隶，现在他们正在一个星球做着采矿的工作，也有人说他们被K星人转送至K星劳动改造。还有人说K星人派他们上了前线，让他们打仗去了。

说法很多，但这些人在D星上消失了是铁一样的事实。

漏网者也有，那就是图书馆的馆长卡尔多先生，他曾经站出来发表演讲，号召人们抵制总统的指令。

“这是阴谋，一定有着不可告人的阴谋，我们不要上当呀！”卡尔多挥舞着两条细胳膊，情绪激动地高喊。

有人问他，是什么阴谋。

“我不知道，但直觉告诉我，这里面一定有阴谋，请相信我。我们一起去总统府抗议！”

没有人跟他走。有人是怕死，更多的人是想观望。也有人报了警，说这里有一个阴谋反对总统的反动分子，让警察赶快来抓他，否则要出事了。

卡尔多长叹一声，然后转身离开了。

报警的人追过来试图跟踪，但卡尔多在一个墙拐角处突然消失了。那个跟踪者怅然若失，最后离开了。

卡尔多去了哪里，没有人知道。

D星球1585年，机器人总统意外去世。

他在一次例行巡视过程中突然倒地身亡。有人怀疑是K星人的暗杀所致，但也仅仅是怀疑而已。

K星人为什么要杀他，没有人知道。

D星进行了盛大的哀悼仪式，在全球范围停止各项娱乐活动。人民陷入深深的悲哀之中。

哀悼仪式由K星人主持。

一个D星官员在发言时说："没有总统，就不会有我们与K星人的合作，我们D星人还将停留在过去的岁月之中，也不会有D星科学技术革命性的进步。我们要继承总统遗愿，永远服从K星人领导，让D星人从幸福走向更大的幸福！"

主持人点头表示赞许，但还是有细心人注意到他脸上有过高深莫测又稍纵即逝的笑意。

K星人又推出新一个最新款的机器人出任总统。这是一个比原来总统更高档的机器人，是K星人研制的。

这次没有任何异议。

与其说是选举，倒不如说是大家在思维场的控制下的一次统一举手行动。连投票这个环节也被省略了，据说这是为了节省纸张。

一个更加听话的总统上任了。

D星球1596年，这个星球的人已经离不开思维场了。

K星人将思维发生器调至最低的1挡或1挡+，D星人现在基本从事的都是最底层的劳力活动。这样的工作由1挡的人在做，而1挡+的人则做管理。

降级处理之后的D星人成了K星人的奴隶，他们在距离地表10000米以下的矿区开掘。成万吨的矿产又被他们用矿车运送到地面，然后装入巨型太空运载船，而装满矿石的运载船将飞往K星。

晚上，下班的D星人凭着一天辛苦劳动得到的饭牌去领取食物。食物粗糙难咽，但能保证他们从事高强度劳动的营养需要。

他们下班后回到家中吃了饭就上床睡觉。第二天在规定的时间准时起床、准时就餐、准时上班，如同一部机器一样精确。

他们的衣食住行均由思维场控制。

周而复始。

D星1602年第14日，大批K星载人飞船出现在D星的航空港。

D星人中的青壮年及儿童排着队由舷梯走上飞船，进入舱门时，他们面无表情甚至都没有回望一下。

飞船们此起彼落地忙碌了起来。

但这些D星人不是去K星。他们去的地方是一个荒芜的星球，据说那里的资源远胜于D星球，不同的是那里没有土著。

他们的工作仍然是替K星人服务。一代人去世，还会有下一代，K星人鼓励服役的D星人结婚生孩子，并有适当的奖励。

生产孩子的额度由思维场根据资源开采、对应人力、D星人饮食及未来需求等要素进行权衡计算。

去那个星球的D星人的情况未见记录。

地球公元2045年，我在一次意外旅行中发现了D星球。

我是一个太空旅行家，大学毕业之后就开始了我的旅行工作。有人要问，你是富二代吗？不是，我不是。

我将旅行途中的见闻写成文章投给一个叫空间的网站发表，“多乎哉，不多也”的稿费我用来旅行且略有盈余。

对钱我没有过高的欲望，够用就可以了。

D星显然有过文明，建筑、智慧生物活动过的痕迹随处可以发现。但目前呈现在我眼前的只是一派荒芜的迹象。青草茂盛，藤蔓植物疯狂地缠爬于几乎所有建筑的断壁残垣之上。

没有人烟。

但有一些不知名的动物从草丛中从容走出，用疑虑的眼神打量着我，显然它们并没有见过我这样的生物。

我有些害怕，朝天放了一枪。作为一个探索者，我一直保持着高度的警惕。那些动物们害怕地跑走了。

直到看不见他们了，我紧绷的神经才松弛了下来。我发现自己的内衣裤都湿了，这是刚才一身冷汗所致。

我循着一条几乎被草掩埋了的路前行。我特地注意观察了那些坍塌了的建筑。我的判断是这个星球曾经有过一次非常强烈的地震。这地震之强烈，由几乎所有建筑无一幸免可以看出。断壁残垣的风化程度又可以知道那次地震距今已经非常久远。

这个星球的人或其他智慧生物为什么湮灭？无数个问号在我大脑里旋转纠缠，我一时找不到答案。

好在我准备充分，足以支撑我在这里探险一个月左右的时间，而且必要的话，还可以采撷一些植物食用。

至于动物，不到万不得已我不准备伤害它们。我愿意在食素的情况下生存下去。

我驻足在一座残存的建筑的门前，初步判断这是一座类似于图书馆的地方。我依稀可以从一些烂木片认出这是书架的残片。

我在这曾经的图书馆里徜徉，仔细探寻，希望找到更多关于这个星球曾经有过文明的实证。

我看到一堆刻意堆积起来的书架的残骸。我用手扒拉起来，很快看到了一个包装严密的石盒。我的心怦怦跳了起来，我意识到即将见到什么重要的东西。我拂去石盒上的灰尘，小心翼翼打开盒子，看到了一本已经部分腐烂了的手写笔记本。

笔记本上面的文字我一个字也不认得，但这没有关系，我有智能翻译笔，智能笔陆续将残存纸片上的文字翻译成汉语。

后来我将这些文字组合成了您现在看到的这篇文字。我尽量写实，但在日记空缺的部分我做了一些虚构。这些虚构的部分，我力求做到最大程度上的合理、贴近真实，在逻辑上能够自洽。尽管如此，力有不逮处在所难免。我必须在此做一说明，避免误导了读者。

一具早已白骨化的遗骸就在距离石盒不到五米处，他的手指的方向正是石盒，我由此判断此人正是卡尔多馆长。

因为这本日记署名为：卡尔多日记。

卡尔多日记最后一页记录时间为D星球1603年第45日，而我此时的时间是地球公元2045年3月15日。两者相距了多少年，我无法知道。

卡尔多在最后一篇日记里写道：我知道自己时日不多，希望后面有人能发现我的这本日记，并借此了解D星曾经有过的文明，了解我们走过的弯路，如能从中获得一些有用的东西，那将是我最大的荣幸。

D星，我爱您！

看到这里，我流泪了，仿佛卡尔多越过时空就站在我面前，他用期盼的眼神看着我。我向他深深地鞠了一个躬，然后捧着那本日记离开了图书馆，走向我的那架鹞式飞行器。

我想把卡尔多日记尽快带回到地球，我相信这些资料极具研究价值。

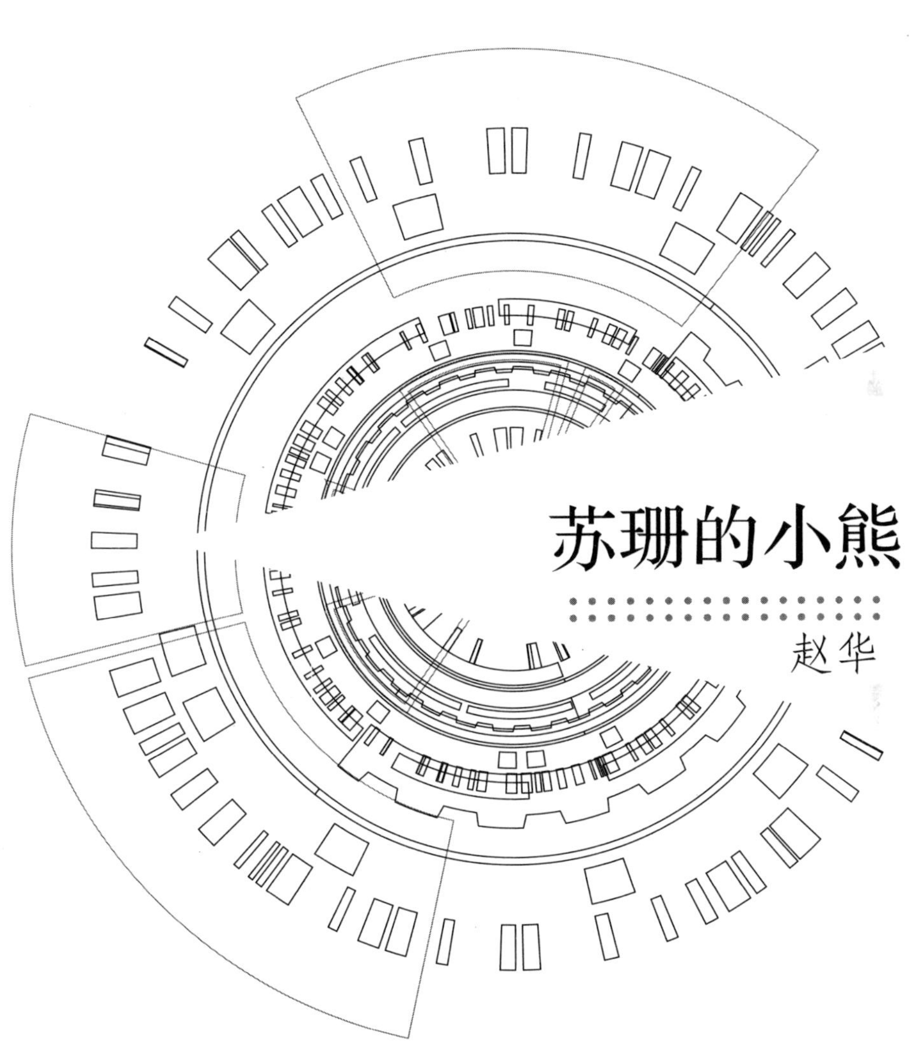

苏珊的小熊

赵华

一 

苏珊是在离家不远的田野里发现它的，她正打算去看看清晨的金色的阳光。

它躺在草丛里，身上同草叶一样沾满了湿漉漉的露水，这使它看上去更加狼狈。不过，那双圆溜溜的大眼睛倒是显得炯炯有神。

苏珊咬了一下深紫色的嘴唇，确定眼前看到的不是梦，然后像捡着星星一样欢天喜地地向屋里跑去。

“那是什么？”正在准备早点的妈妈问。

“是一只小熊。”苏珊头也不抬，忙着用毛巾擦拭它的身体。

“它不太像熊，熊没有这么胖，耳朵也没有这么长，而且它没有鼻子。”妈妈打量了一番，最后皱起眉头，“它像是刚从垃圾箱里爬出来。”

“是我从外边捡的。”

“不行，苏珊，你不能把它带回家里玩。”

“为什么？”苏珊停下手中的活，诧异地问。

“你没瞧见它有多脏吗？到处都是污渍，而且屁股上的毛还被剪掉几撮。天才知道它是被谁丢弃的，兴许它带着传染病。”

“可是我会帮它洗干净的，我会认认真真地洗，我保证它会重新成为一只漂漂亮亮的小熊的。”苏珊一脸焦急。

“以后我会为你买一只新的小熊的，你可以整天跟它玩。”

“哦，可是，妈妈，可是你两年前就说要为我买一只绒毛兔的。”

“那是因为我们必须得为你攒一笔钱，我们必须把所有的钱都用在这件事情上。”妈妈叹了一口气，目光垂了下去，恰好落在自己脚上那双旧皮鞋上，她抬起头坚持说，“还是将它丢回原来的地方吧。”

“不，它会冻感冒的！”苏珊大声说，鼻子开始翕动。

“它只是一只玩具熊，玩具熊是不会生病、也不会感冒的。”妈妈有些不耐烦。

“可是它会很孤单的，它会很害怕的，它会像我一样没人理睬的。”苏珊紧紧抱住小熊，泪珠在眼眶里荡漾不停，马上就要掉下来，嘴唇上的紫色也愈加深重。

妈妈再一次深深地叹了口气，无可奈何地说：“好吧，苏珊，这是最后一次，以后不能再将别人丢弃的东西捡回来。”

苏珊“嗯”了一声，迫不及待地准备澡盆和香皂。整整一天，她都在为这只小熊梳洗打扮。当夕阳的光线落进屋里时，它已经变成了一只神采奕奕的小熊。

直到晚上，苏珊都将它搂在怀里，唱歌给它听，不停地对它说着知心的话：“小熊，你同我一样都是孤零零的孩子，对吗？小熊，你不会像学校里的那些坏孩子一样喊我吸血鬼苏珊，对吗？你到底是被谁丢弃的呢？不过，你不用担心，我不会丢弃你的。你是我的第一个朋友，也是我在世界上唯一的朋友，我会带你去田野上看日出，还会带你去看蒲公英。我猜你一定没有它们跑得快，它们在风里飘荡，一直能飞到天边……”

夜幕深垂的时候，苏珊终于躺在温暖的小床上睡着了，她的脸上还挂着幸福的笑。怀里的小熊侧着脑袋，胸前插着苏珊采来的花朵，仿佛也在张望窗外的星星。

二

“格罗姆，将声音关小点。”妈妈不耐烦地说。

“可是它正在为我表演摇滚。”格罗姆头也不抬。

妈妈不得不走过来，她望了望正在地上扭动的崭新的小戈雅，皱了一下眉头：“格罗姆，它是从哪来的？”

“是我新买的。”格罗姆总算将小戈雅停下来。

“它是新型号的，它很贵！”

“是的，我将整个暑假的零用钱都花掉了。”格罗姆仰起胖乎乎的脸，毫不在乎。

“可是你已经有一只哈笔戈雅了。”

“它只是老型号的！”格罗姆嘟囔。

“老型号？它的功能足以满足你的需要啦！它会唱歌，会识字，会给你讲故事，陪你下棋。它还能够自动定位，即使你迷了路它也能送你回家。它甚至可以保护你，当你受伤或者突然生病时，它能够为你进行紧急的手术。”

“可是它不会摇滚！新版的这种会10万多种摇滚，还会跳20万种不同的舞蹈，就连遥远的俾格米舞它也会跳。它还会讲笑话，会做鬼脸，会吹口哨，会打响指……”格罗姆眉飞色舞。

“够啦！”妈妈生气地打断他。

“你还仅仅是个孩子，一个孩子根本不需要冲人做鬼脸、吹口哨。那只旧戈雅帮了你不少的忙，你说话是它教的，就连你学会走路也完全是它的功劳。”

“可是我已经厌倦它啦！我需要新的知识！”格罗姆脸涨得通红，但依然振振有词。

“好吧，就算你厌烦它，也应该把它找出来，送给孤儿院的孩子，一只老版的哈笔戈雅对他们来说也是不可想象的奢侈品。”

“我……我……”格罗姆的脸蛋已经完全变成了鲜红色，他吞吞吐吐，最后终于叫出来，“我已经将它丢掉啦！”

妈妈吃了一惊：“丢到了什么地方？”

格罗姆指指窗外，“就是刚刚路过的那个星球。”

“格罗姆！”妈妈大声喊道，“你早就知道，航线途中是不能打开气闸窗的，更不能随便往外丢任何东西！”

“可是我实在不喜欢它啦！”格罗姆咧开嘴巴，大哭起来。

格罗姆的哭声很响，爸爸从驾驶舱里被吸引过来，“到底是怎么回事？”

“他将那只旧哈笔戈雅丢在了柯伊伯带的第三行星上，就是我们刚刚经过的那颗。”妈妈解释说，她脸上的表情很沉重。

“可是临丢掉前，我已经关掉了它的电源！”格罗姆撇着嘴说，又开始躺在地上哭闹。

“旧哈笔戈雅也采用了超高密度的量子芯片。”妈妈提醒。

“你的意思是说……”爸爸皱起了眉头。

“是的！”妈妈点点头，“产品说明书上早就标明了，如此高密度的量子集成体有可能通过自组织现象产生自主意识，虽然它的概率只有亿万分之一。”妈妈顿了一下接着说，“如果那只哈笔戈雅恰巧中了大彩的话我们就有大麻烦了，我们会因技术外泄而被罚得倾家荡产的。即使这样的事情难以发生，我们也应该将它取回来，如果那颗行星上的人恰巧捡到它并且割开它的肚皮的话，那些量子芯片还是会引起恐慌的。”

爸爸点点头：“飞船已经超越了第三宇宙速度，我们需要减速掉转方向，然后再加速，这样下来的话会需要不少时间。”

“好的，我先通过中微子系统以遥控的方式强制打开哈笔戈雅的电源，只有这样我们才能确定它的精确方位。不过，我们要承担很大的风险，电源打开后，它就可以活动了。哦，天啦，但愿它不要制造什么麻烦。”

格罗姆从地上爬起来，那只气派的戈雅又开始摇头晃脑地唱起来。

三

我从来就没有被人关心过，也没有被人爱过，从离开工厂的那一刻起就没有。

我不知道自己为什么会有如此古怪的念头，反正我的头脑很昏沉。

那一天，我和成千上万个同我一模一样的毛茸茸的小家伙跳下了流水线，说明书上说我们叫哈笔戈雅，是模仿一种名为戈雅的动物的外形制造出来的高级智力玩具。我们的任务就是陪孩子玩耍，教他们说话，并且无时无刻地照顾他们。

同孩子在一起，这是件令人愉快的事情，我严格遵循量子芯片设定好的程序完成自己的职责。我被一位名叫格罗姆的太太买走，负责照看她的孩子。我不厌其烦地教他识字、说话，一遍又一遍地纠正他的口形和手势。为了教他行走，我不知摔了多少跟头，可每一次当他要摔倒时我都及时垫在他的身下。

我唱歌给他听，为他扇着轻柔的风，即使在他熟睡的时候。起初我以为自己只是恪尽职守，可是后来我渐渐明白了这是爱。我查过词典，爱就是对别人毫无保留地付出，爱是对生命的珍惜和尊重，并且爱还是相互间的。

我激动不已地向碰到的同伴们讲述自己的感受，询问它们是否也有这种奇妙的感觉，可是令我失望的是它们当中没有一个回答我，毫无例外地都是用呆板的合成音说："对不起，根据预设程序，哈笔戈雅只能同自己的主人进行交流，哈笔戈雅之间不作任何沟通与交流，谢谢。"

我十分孤独，有好几次，当小格罗姆酣然入睡后，我独自走到屋外，形单影只地望着天上的星星。不知道别的哈笔戈雅是否也有同样的经历，但是我在思考，我在忧伤，那是一种空荡荡的怅然若失的感觉。

我依然尽心尽力地照顾着小格罗姆，不让他受一点伤害，因为书上说爱是相互的，也许有一天我可以从小格罗姆那里得到爱，那将是什么样的一种感觉呢？

小格罗姆一天天地长大了，他已经可以咿咿呀呀地说话，并且能够蹦蹦跳跳地奔跑了。

当小格罗姆正在吃蛋糕的时候，我轻轻地凑过去，他瞅了我一眼，将一把黏糊糊的奶油抹在我的脸上，我以为这是他同我亲昵的表现，胸膛里淌过一阵阵热流。没想到的是，接下来，格罗姆竟将我丢进了屋外的纸箱中，他兴高采烈地叫道："哈！你要改变模样了，你要变成一个丑八怪啦！"

格罗姆太太发现了我，并且将我捡回来。可从那以后，格罗姆一发不可收拾，想出各种花样来对付我。格罗姆已经到了好奇而多动的年龄，因此他的种种"恶行"我都能够谅解。然而有一天，他恶狠狠地盯着我，充满怒气地说："我讨厌你！你知道吗？正是因为有你的存在，我才不能得到新的哈笔戈雅。"

一霎间，我的心如同跌进了深渊，我终于明白了自己得到的是什么。怀抱着最后一点希望，我来到格罗姆太太和格罗姆先生身边，然而他们只是不经意地将我丢开。他们提到我时常说的话总是："这个哈笔戈雅物有所值，虽然贵了一些，但它替我们节省了不少时间。""是的，不过它的动作似乎不像以前那么灵敏了。""哦，反正格罗姆已经长大了，再说它的使用寿命已经足够令人满意啦。"

我只是一个哈笔戈雅，我只是一个玩具。我一定很笨，不然的话为什么这么晚我才明白这一点。

我一直竭尽全力付出自己的爱，并且希望得到他们的爱，然而这是一个多么可笑的想法，永远不会有谁去爱一个玩具的，哪怕尽可能地去关心它一下。

我到底是谁？我为什么要思考，为什么渴望得到爱？我同其他哈笔戈雅不一样吗？我算是一个生命吗？一个生命同一个玩具的区别究竟在哪里？生命的意义又是什么呢？

不止一次地，深夜里的星光投下我的孤影。我一遍遍地失落，一遍遍地思索，终于有一天，当一颗流星划过天际时，我的头脑中闪过一道光，我恍然大悟，我之所以感到痛苦正是因为一直渴求爱。也许世间的万物都有自己的使命，一个哈笔戈雅的使命就是千方百计地照看孩子，哄他们开心，然后被随便丢弃在什么地方。我无法抗拒自己的命运，但是我希望能够体验一次爱的感觉，哪怕一次也行，真正的完整的爱别人并且被别人爱的感觉。爱的感觉，它到底是什么样的呢？

我没有得到爱，永远也不会得到了。当小格罗姆抱起我，偷偷打开气闸窗的时候，我的心变得恐慌，我预感到将有什么可怕的事情发生。

小格罗姆关掉了我的电源，那一瞬间我的身体和心灵真的坠入了无尽头的黑暗的深渊，我睁着惊恐的眼睛，我看到的最后一幅画面是小格罗姆心满意足的脸。

再见了，孩子。再见了，世界。

四

“苏珊，马上起床！”

要不是妈妈的大嗓门，那些美妙的星星还在苏珊的头脑里萦绕、飞舞。

“可是我想多睡一会儿。”

“不行！今天是检查的日子，肖恩医生在等我们。”妈妈斩钉截铁地说。

“我们还是要坐公共巴士去吗？”苏珊开始往自己的头上套衣服。

“是的。”

“为什么我们不坐出租汽车去？”

妈妈皱下了眉头：“苏珊，你知道，出租汽车的费用很高，我们要把钱省下来做别的重要的事情。”

“可是我不喜欢坐公共巴士，车上的那些孩子一见到我就喊我吸血鬼苏珊。”忧伤与委屈爬上了苏珊的脸。

“苏珊，我们就是为了你的病才去城里的。别理睬那些孩子，你根本就不是吸血鬼，你是妈妈的小天使。”

苏珊开始往脚上套袜子，她仰起头又问：“妈妈，世界上真的有吸血鬼吗？”

妈妈像往常那样叹了口气，没有吭声。

“那么世界上真的有天使吗？”苏珊又问。

得不到回答，苏珊只好自言自语：“要是有天使的话，他为什么不来看看我们？”

一切终于收拾停当，苏珊突然又大声地叫起来。

“怎么啦？”妈妈疑惑不解。

“我的小熊，它怎么不见了？”苏珊慌里慌张地在床上找。

妈妈看了一下表：“先别管什么小熊，我们得抓紧时间去医院，我们快要迟到了。”

“我要和小熊一块儿去医院。”苏珊不停地翻着枕头和被褥。

“小熊不会丢的，等从医院回来后，我帮你一起找。”

“可是昨天晚上睡觉的时候我还搂着它。”苏珊的鼻子开始发酸。

“我敢保证小熊就在屋子里的某个角落，它不会走路，也没有谁会来偷一只脏兮兮的旧小熊的。”妈妈变得不耐烦。

“它不脏，我已经把它洗得干干净净的了，它是只漂亮的小熊。”

“好吧，别再耽误时间了，我们真的要迟到了。”妈妈不由分说，拉起苏珊的手往外走。

“可是，妈妈，我再找一分钟行吗？小熊一个人待在家里会很孤单的。它很可怜，刚刚被人抛弃。”

妈妈干脆抱起苏珊。一路上，苏珊都眼泪汪汪地盯着愈来愈小的房子，期盼有什么奇迹出现。

今天很奇怪，公交车上的孩子没有冲着苏珊兴高采烈地大声喊“吸血鬼苏珊”，相反，他们满腹狐疑地盯着她指指戳戳。

苏珊感觉到空气很清新，尽管车厢内还是那么拥挤。当汽车开起来的时候，苏珊觉得自己像躺在云彩上一样轻松。她好像在飞，像朵蒲公英似的轻飘飘地飞过田野。妈妈似乎也意识到什么地方不对劲，在苏珊的脸上看了好几眼。

当毕毕剥剥响的检查结束后，妈妈焦虑不安地坐在外边的椅子上，两只手紧紧捏在一块儿，同从前一样，她在默默祈祷苏珊的病况不要再恶化。

门被推开的那一瞬，妈妈紧张得要命，她几乎要像个小女孩一般哭出声来，因为肖恩医生是紧皱着眉头出来的，他脸上的表情从来没有那么严肃过。

苏珊好奇地盯着走廊墙上的彩色的画儿，那是一只歪着脑袋的毛茸茸的小狗，她忍不住想要踮起脚尖抚摸它。

“夫人，你什么时候带她做的手术？”肖恩医生向坐在对面的妈妈问。

“手术？什么手术？”妈妈一头雾水。

“就是给苏珊做的心脏瓣膜手术。我能否知道你是在哪家医院做的吗？”肖恩医生抬起头，能看得出他十分认真。

妈妈完全糊涂了，她盯着肖恩医生，快要语无伦次：“我不知道您具体说的是什么，但是苏珊从来没有做过什么手术。事实上，您知道我一直在省吃俭用积攒手术的费用，而且一直在等待慈善会捐助的名额。我一直等待您能够为苏珊进行手术，她是个可怜的孩子，不但没有父亲，还要忍受心脏病的折磨。”

“但是检查表明，苏珊是刚刚做完手术的，她胸口缝合的痕迹还很明显。”肖恩医生递过来几张胸透图。

妈妈快要发疯，她捏着透视图的手颤抖个不停，大声地说：“我向您保证苏珊真的没有进行过手术，她从来没有在任何地方做过手术，没有哪家医院会为她免费手术的！”

肖恩医生依旧不动声色，他顿了一下，望着妈妈说：“夫人，不管是谁为她进行的手术，我要说的是手术非常完美，主刀者的技术非常娴熟，就连我也自愧不如，我从来没见过这么干净利落的技法。”肖恩医生又递过来一卷纸，“另外，我要告诉你的是，手术非常成功，心电图显示苏珊的心率非常正常，用一句话说，她痊愈了。”

妈妈张大嘴巴，一句话也说不出来，她感觉大脑一阵阵地眩晕。

肖恩医生站起身，将门外的苏珊拉进来：“也许您还不相信，那么您看看她的嘴唇吧。”接着他说，“您可以亲眼看看。”妈妈在检查室内看到了苏珊心脏处的缝合线。

妈妈终于意识到路上感觉到的不同寻常的事情是什么了。望着苏珊鲜红润泽的嘴唇和胸口那若隐若现已经愈合了的缝合的痕迹，她突然间泪流满面，发疯般地大声说：“不可能！这不可能！医生，请您告诉我这到底是怎么回事？究竟是谁为苏珊做了手术？”

肖恩医生痛苦地摇了摇头，最后他抬起头回答：“也许是天使吧！”

五

我从未想到自己还会醒来，我的眼前又出现了光，灿烂的明澈的光，还有一个满脸天真的孩子。

我一定是到了另一个世界，因为眼前的孩子只有两只胳膊，周围那些草叶和树木也非常陌生。

我忐忑不安，命运究竟将我抛向了何方？等待我的又将是什么？我好奇地张望着头顶上那轮光彩耀眼的恒星，以及眼前那片像海洋一般起伏的绿野。就在这个时候，一双温暖的小手将我抱了起来。

“小熊，我带你去田野上玩好吗？我带你去看漂亮的野花，还有毛茸茸的蒲公英。”一个轻柔动听的声音说。

小熊，这一定是小女孩给我起的名字。她轻轻地抱着我，显得小心翼翼，一路上都生怕我掉下去。小格罗姆也抱过我，可是从来没有这么认真，也没有这么温暖。

小女孩将我带到郁郁葱葱的田野深处，我呆住了，我看到了彩色的星空。无数朵七彩斑斓的野花像星星般缀在绿毯之中，它们流光溢彩，只有彩虹和恒星才能融化出如此美妙的色泽。

小女孩低下头，仔细地搜寻着，最后她挑选了一朵闪着光的红色的小花，将它插在我的胸前：“小熊，戴上花，你会更漂亮的。”

“小熊，我们去和蒲公英玩吧！”她又说。她抱着我，将脸庞鼓得圆圆的，然后对着一个白色的毛茸茸的圆球吹了一大口气。转眼间，圆球分散成无数个细小的花絮，它们像是自由自在的精灵一样漫天飞舞。小女孩抱着我，大声地笑着，伸出洁白的小手去追这些精灵。我也被深深地感染了，就在这欢乐的时刻，我仿佛同小女孩一样变成了无拘无束的小鸟，我们欢畅地笑，纵情地奔跑，自由地飞翔。就在这欢乐的时刻，我也意识到我来到了一个充满美妙与温暖的世界，那可爱的小女孩，她绝对不会伤害我。

小女孩跑了没多远就停下来，她的脸憋得通红，嘴唇变成了深黑的紫色。她表情痛苦地捂着自己的胸口，好一会儿才慢慢站起来。于是，我们就站在原地，默默地看着一朵朵被阳光渲染的金亮的蒲公英种子飘向天空的尽头。

小女孩同我寸步不离，她像我呵护小格罗姆一样呵护我。她带我去看漂亮的小鸟，带我去追逐翩翩舞动的蝴蝶，还带我去寻找躲藏在树底下的蘑菇。

整整一个下午，我们都在一起。黄昏的时候，我们坐在温暖的树桩上，看着恒星依依不舍地落下山。金色的沉甸甸的光线笼罩在小女孩身上，令她看上去端庄又娴静，就像是一束圣洁的光。

小女孩将我紧紧地搂在怀里，担心我会冷，她轻声轻气地对我说：“小熊，你也是只孤单的小熊吗？可是，这下你不会再孤单了，因为我会永远永远爱你的。你也会爱我的，对吗？”

我的心里震颤了一下，我的全身都在震颤，这是第一次有人对我说爱我。我的眼前一片湿热，尽管我压根不会流出泪水来。像是被强大的引力吸引，我将脑袋靠在她的臂弯里，微凉的晚风中，我却感到恒星般的温暖。

我默默地聆听着小女孩的诉说，听她讲述自己是如何孤独，又怎样被同类的孩子讥笑捉弄；听她讲述她多么愿意去爱别人，又多么渴望得到别人的真诚的爱。

我多么希望这忧伤而温存的时刻能够永存下去，就像恒星那么久远。这是我最幸福的一天，我待在她的怀里，一直到夜幕低垂，一直到几颗流星划过天空。她仰起脸，让我的眼睛也露在外面，她晶亮的眸子里全是幸福与惊喜。

晚上睡觉的时候，小女孩仍将我抱在怀中，她不会让我孤单和着凉，她一定在做着甜美的梦，她脸上的笑容是那么恬静与安详。

我多么希望她能再亲切地喊我一声小熊，多么希望我能像今天这样同她一起幸福地生活下去。可是，我不得不在半夜起来，我的时间不多了。我的电源被关闭又突然醒来，这一定是强制执行的结果，小格罗姆一家马上就会找到我的，无论我躲到哪里都无地可遁。

我会被带回去的，眼下还有几个小时的时间，我要做一件最有意义的事情。

苏珊，可爱的小女孩，从你妈妈的口里，我知道了你的名字。我多么想对你说一声谢谢，自从和你在一起的这一天，自从我心里震颤的那一刻，我已经知道爱的感觉了。它真实又难以形容，它炽烈又如风一般轻柔，它就像是田野里的蒲公英，像午后的阳光和夜里的流星，它就是一双亲切的小手，一颗虽然病弱却温暖无比的小小的心。

苏珊，只有你没有把我当作一个无足轻重的玩具，只有你对我付出真挚的爱。我要说，爱是相互的，如果不这样它就不完整，也没有那么美好。我只是个小小的玩具，但是请接受我一份小小的爱。今夜，在你熟睡的时候，我将为你进行手术，医治好困扰你的心脏病。请你放心，一点儿都不会疼的，我体内的程序非常精确，一丝一毫都不会差。

苏珊，明天早上醒来，你就会拥有一颗健康的更强大的心脏，这样你就有能力去爱更多的人。

苏珊，我走了，天亮之前他们就会带走我的，下一个夜晚他们将会返航。可是我不愿意再回到那个冷漠的世界中了，在那里我会被丢弃或者被送给别的孩子继续当玩具。返回的途中，好动的小格罗姆肯定还会再次打开气闸窗，我已经有了主意。亲爱的小苏珊，我已经得到了爱，虽然只是短暂的一天，但是它远胜于没有爱的漫长的一生。是啊，生命的意义是什么呢？也许爱就是答案。亲爱的小苏珊，夜里，当你再次仰望夜空的时候，当飞船就要离开大气层的时候，我会从气闸窗中跳出去，那些一闪而过的亮晶晶的流星当中，有一颗就是我。

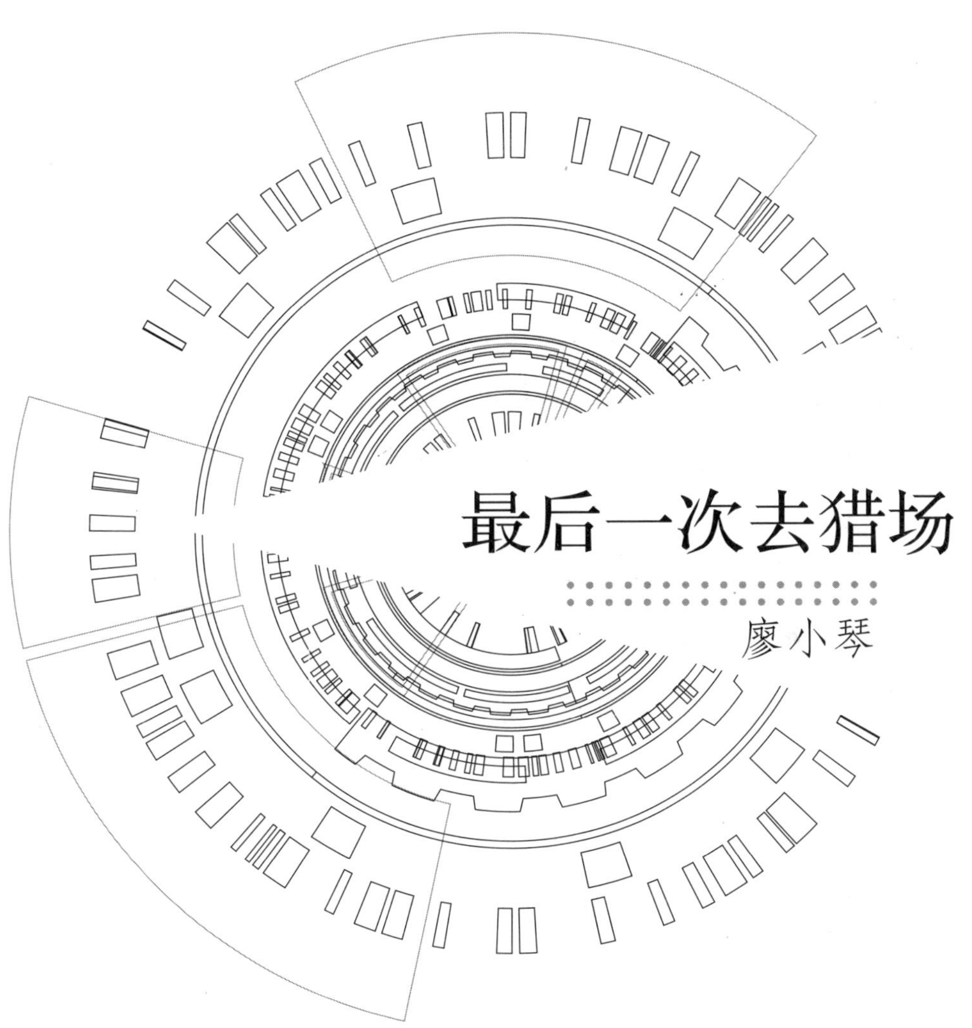

最后一次去猎场

廖小琴

山林就在那里。

蓝得像块水晶的天空下，红叶像一枚枚栖息在枝头的鸟儿，随时会飞走。站在门前很久的杜老爹，决定再去一次猎场。

天冷了，再不出门就更不方便了。

他进屋，从墙上摘下那支双筒老款猎枪。

“你还要去林里吗？”正在门外清理垃圾的机器人探头问。

“去，当然得去。”

“联合政府对这里快禁猎了。”

“嚯，你知道得太多了吧？！”杜老爹拿了枪，灌了两壶水，又翻出几袋压缩食品，放在背包。

“要保护这里了，要保护这里了。”

“保护，保护谁？他们设猎场时怎么说的？我可是交了大笔费用，才入住这里！”杜老爹背起包，拎着枪，一扬手，嘭地将门关在身后。

“那……请注意安全！”机器人关切道。

杜老爹点点头，背朝它扬了扬手，表示“再见”。

“听说这家伙，只要给个点子，还能编写故事。啧啧，真是世风日下，机器人写故事？怎不让它们上天摘星星。”老爹腹诽道，朝旁边的那栋房走去。

屋里的人，已经开始忙碌。

“去不去？”杜老爹站在门边，晃着手中的枪问。

“不去！”

杜老爹骂了一句，屋里的胖汉并不回嘴，只扭头冲他笑，说：“老爹，你要不过来试一试这个？”

“呸，那玩意就像冷水泼面——没劲。”

“网络社区新建的猎场，里面的动物多得很，体验感更强。”说着，胖汉取下传感头盔，将感应枪递到门边。杜老爹不接，转身就走。

“老爹，试试吧，不比现场狩猎感差。”

“那里又没山林。”老爹生气道。

天蓝得辽阔高远，整个猎区却显得更寂寥。杜老爹还记得刚入住这儿的情形：都是狩猎爱好者，男人女人，年轻人老年人，只要有狩猎资格证，都可进林打猎。

自己算不算狩猎爱好者呢？答案只有他知道。

山林很大，放养着许多野生动物。枪支弹药是特制的，小型动物大都可一枪毙命，大型动物则要费点儿周折，而不小心误伤人体却只会让人疼得发跳，不会致命。杜老爹就曾被误伤过好几次。哼，说是误伤，其实是被那些家伙故意捉弄吧？——谁让自己每次进林，都激动地东奔西窜呢。

你究竟是来打猎，还是来搅局的？有人曾气呼呼地问他。杜老爹呢，只咧嘴一笑。他也没办法嘛，一进林，就控制不住地想要跑，想要跳，想要亮开喉咙吼两嗓。这样的人居然来狩猎——啧啧，难怪大家都摇头。

就是因为喜欢山林，喜欢有这么多的树木，喜欢这么大而阔的地方，才没有选择别的社区，到了这儿嘛。杜老爹对这点清楚得很。所以，每次与其说是去狩猎，还不如说是进猎区玩呢。

后来，网猎场兴起，通过传感设备可进行远距离狩猎后，再去山林打猎的人就少了。再后来，政府说要保护山中动物，猎手们陆续离去。现在，猎区的人已所剩无几。

为什么保护？据说里面的动物其实并非野生，而是由基因公司投放的基因被改造后的动物。为了增加狩猎的乐趣和刺激，它们被改造得比野生动物还强壮、还聪慧呢。可是……据说，里面出现了一些状况。什么状况？有关方面神神秘秘，不肯多讲。

从住地出发，沿着一条荒路，走上3000米，再爬上一座山坡，就看到树林的入口。那儿瞧上去像个大口袋，又像只瞪大的巨眼。杜老爹瞧着，有点不安，又有点兴奋。

“我来喽。”他说着便一头扎了进去。顿时，一股清冽的空气伴着枯叶香、泥腥味儿，酣畅淋漓地直往他的肺腑灌。嗯，又活过来了呀。他舒展了一下筋骨，真想像以前那样，撒开脚丫，在这林里蹦一会儿，跑一会儿，可是——如果再没有狩猎成绩，他就会被剥夺狩猎资格证了。

唉！

一棵大橡树上，站着一只白颊大山雀。杜老爹一抬头，就看到了它。

鸟不动，他也不动。一鸟一人相视片刻，鸟败下阵，飞走了。杜老爹目送它变成个灰褐色的逗点儿，才收回目光。

“去吧，去报信……”话一出口，他忙刹住。要是把林子吵醒了，还去哪找猎物。

前面的槭木丛里传出窸窸窣窣的声音。是山鸡？

果然，一只羽色艳丽的雄山鸡，顶着个珊瑚似的冠子，露出白色的项圈、金属绿的颈部。只要来一枪，就会给撂倒！但那样就会惊了附近的其他动物。他希望能猎到一头熊，不，即使是只狼也好，如果没狼，狐狸也凑合。

说来最气人的是，他还从未猎到过一只狐狸呢，更别说狼和熊了。不知为什么，一看到这些家伙，他的心就怦怦怦地跳，就像小时候第一次在动物园看到这些家伙，忍不住想要伸手摸一摸、和它们唠几句——这样的人，居然还去考取了狩猎证，说出来真会被人笑掉大牙。可如果不这样，能进入猎区，能看到它们自由奔跑在林中的样子吗？

不行！今天，说什么也得猎到点什么。只要猎到了，就可保住狩猎证了——只要有证，即使这里关闭了，还可以去别的猎区，去别的山林，否则只好住进那些无趣的社区了。

杜老爹又叹了口气。

地上的枯叶绵软厚实，头顶的枫叶火焰般将天空燃烧成一个又一个的蓝色水晶球。真好看！

索性就生活在这里好啦。杜老爹一边捕捉各种细小声音，一边情不自禁想道。

太阳好像不知不觉走到了西边。

一路上，他遇到过兔子、刺猬、獾——打这些小东西没意思，他像以往一样安慰自己。也遇到山猪、狐狸，可这些家伙会捕风，稍有丁点儿声响，就逃得没影，他连枪都懒得举。他安慰自己，是它们太狡猾。

隐隐感觉谁藏在附近，在偷窥自己，可认真一瞧，却什么也没有。也许该穿那件设置有猎物感应器的迷彩服，但这念头刚一冒，老爹就朝自个儿翻了一个白眼。

他听父亲讲过，以前的人都只凭一杆枪。

随着天色渐暗，山林的气息变得更明显，像有一股野性在林中奔来蹿去。老爹眯缝眼，瞅着一只飞快跑过的灰兔，想着自己能化作什么也能在这林中疾风似的跑起来。如果是那样，就不要允许任何猎人进来了。为这冒出的莫名其妙的念头，他忍不住暗自偷笑。一只鸟仿佛听见，发出长长的一声“呱——”

太阳的余晖像燃烧的火，将整个山林都变得红彤彤，但很快就熄灭，山林变得晦暗起来。

是怎么迷路的呢？杜老爹一点儿也想不起了。他是听到哪儿有响动就朝哪儿走的，记得翻过一个小陡坡，蹚过一条小溪流，看见过几棵酸枣树。以前，这林里总有猎友，谁没带导航仪，迷了路，吆喝一声，总能听见。

前几次，他也独自进来，但没往林子的深处走。按说，这林子不会太大，总能找到回去的路，可转来转去竟没有一条认识的路了。山林变成一座巨型的迷宫，将他困住了。

他责怪自己疏忽，没带任何有助于走出去的装备。

太阳的余光彻底从林里消失了。四周昏暗，寒意带着匕首，从四面八方朝他追杀而来。世界上，仿佛只剩下他一个人。

没有生火的工具。

他放了几枪，希望激起火花，点燃枯叶。可那该死的新弹药像是橡胶做的，只将地面轰出几个坑。

有夜鸟被枪声惊飞，有动物在林中奔逃。就是在这不久之后，一支火把出现在不远处。

那火像朵硕大的花，盛开在黑暗里。

是谁在那儿？举着火把，不会是原始人吧？有那么片刻，杜老爹感觉在梦里。

火仿佛在默默等待。

管他是什么，先过去再说。杜老爹将枪往肩上一扛，深一脚浅一脚朝火光走去。

火不等他走近，往山林的更深处燃烧去。

他忙紧跟上。

持火者的身影影影绰绰，像是他小时候读过的童话中的山魅，又像是他曾幻想与之争战的武士。寒意一阵接一阵袭来，杜老爹却没了最初的恐惧，甚至感觉就像幼时和奶奶牵手走在无边无际的原野。那时，世界联合政府刚刚成立，机器人开始广泛用在各个领域，基因工程、生物工程、传感技术等飞速发展，将人类文明推到新的高度。人类不需要辛苦劳作就可以活得很好，大把的时间可扔在逼真的虚拟世界。后来，有人开始怀念农耕、自然，要能回到现实，进入可提供所求的社区，比如猎场。

他不是逃离者。因为他从未真正进入过通过技术而抵达的那些地方。他喜欢双脚踏实有力地踩在大地上。

“一朵通过传感器看到的花，和你用眼睛看到、鼻子闻到的花，是不同的。”当他将一束野花送给奶奶时，她曾微笑地说。

奶奶的话没错，网络中的山林怎能和真正的山林相比？虽然网络里的山林也有草木香，有泥腥味，有鸟鸣唱，有兽奔跑，但让他始终像个观众，只一味被动地看着听着。而在这真正的山林里，他的五脏六腑都像受到召唤，一一打开。他感觉自己就是树，就是兽，就是鸟，在吐纳生长，在奔跑欢唱呢。

火开出的花，照出一条模糊的路，杜老爹恍恍惚惚地走着，像走在一段不真实的梦里。

红花消失了。一大团火焰出现在林中的空地。

他的枪慢慢滑落在地上。

五六双眼睛，透过火焰，安静地看向他。他的口变干。

持火把者也静静地看着他。

太冷了。

那火是那么温暖、那么明亮、那么蛊惑人心地在欢快地跳啊跳。一些念头，狩猎啊、狩猎证啊，都消失不见。

杜老爹走了过去。

一只熊为他挪出一块地方。他坐到它的旁边。

果真好暖和啊。

持火把的熊往火堆扔了一块木头，火燃烧得更旺了，一阵阵腥臊味直往杜老爹的鼻孔钻。

没错，是货真价实的熊呢。

熊们都不说话，杜老爹也不说话，都默默地看着火。

现在，他知道那些家伙神神秘秘不肯讲的问题是什么了。杜老爹懒得去想这问题，只觉得在寒夜里有火光，挺好的。反正，距离熊穿上衣服，还有一段时间吧。

夜深了，旁边的熊打起瞌睡，杜老爹也哈欠连天。慢慢地，彼此就靠在了一起。

还挺舒服的，杜老爹想。然后，他沉沉地睡了过去。

早晨，鸟儿们唤醒了老爹。

火光不见了，熊们不见了，就像他做了一场梦。可是，有灰烬，有余温，还有一双、两双……一共六只熊的脚印。

杜老爹沿着脚印往下找去，却发现枯叶成为它们的同谋，把一切都掩盖了。

“我可不是那么容易放弃的人。”老爹一脚将枪踢得远远的，大声说道。然后，他像只兔子般欢快地蹿了出去。

熊喜欢蜂蜜，喜欢吃坚果，也喜欢吃野果，我也喜欢这些，他边跑边盘算。

风从他身后刮起，一枚枚红叶像彩蝶，拍起翅膀，纷纷随着风，随着他往前跑去。

……

杜老爹消失了。

猎场不久后彻底关闭了，整座山林被监控起来。

一天，有人在监控中发现一只特别的熊。他跟着熊群掏蜂蜜、摘野果、喝清泉、生火，表示高兴时，嘴会大大地朝两边咧去，像在开心笑。而且……他居然还穿着一件破衣衫。

“天哪，上次的那批基因熊进化得也太快了吧？先是直立行走，然后是生火、使用工具……现在居然还知道做衣服了？”这人惊呼道。

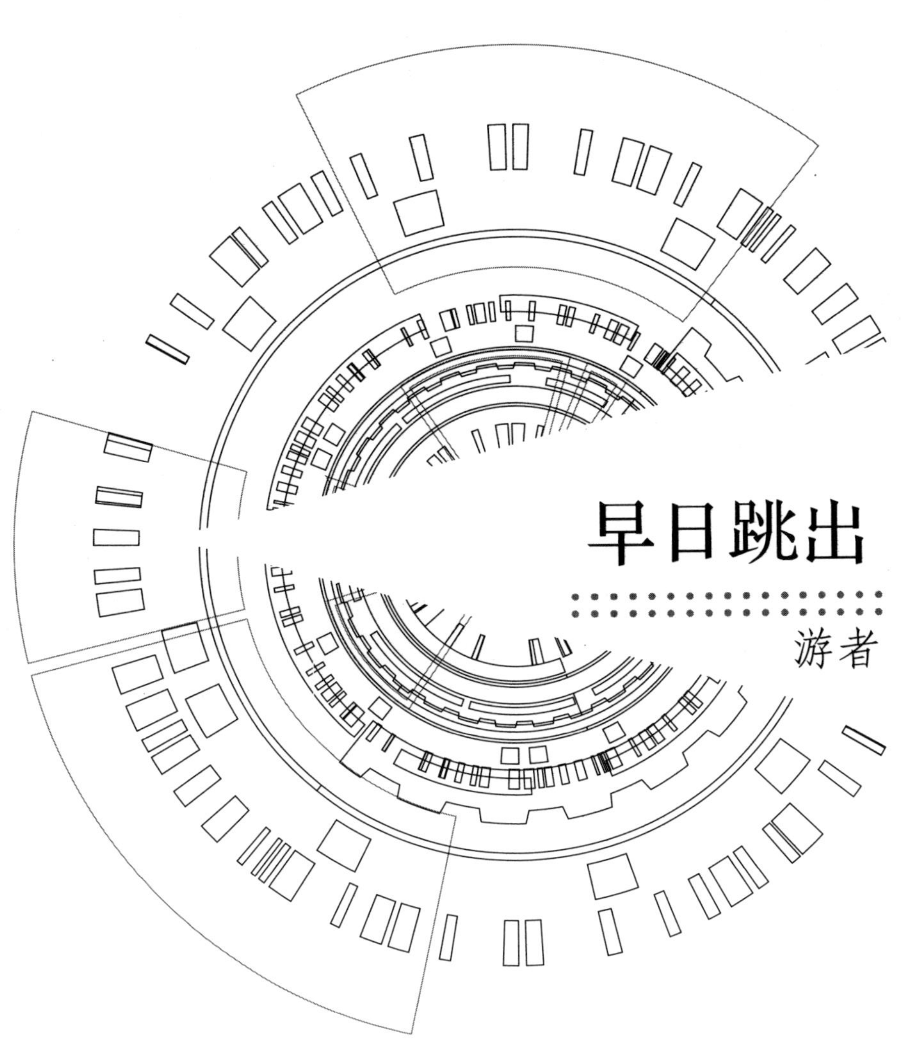

早日跳出

游者

“也就是说，你成功了。”我搓着有些发僵的手，哆哆嗦嗦地问站在对面的男人。

“应该是的。”老斯隆擦了擦鼻涕，“我叫你来就是想和你分享这一成功的时刻。”

迎着他热烈的目光，我再次朝屋子中央望去，那里摆着一部巨大的机器，虽然外形略微厚重了些，但外接的操作台和大屏幕明明白白地表示这还是一台计算机。

“嗯……”我思索着措辞，“我想这是一台计算机，好像最早是在20世纪40年代造出来的吧？”

老斯隆的眼里迅速泛出红光：“计算机？说得不错！计算机正是人类有史以来伟大的发明，有了它，人们迅速迈过了电气时代进入到信息时代。不过计算机发展史上最具颠覆性的变化却是我做出的，成果现在就在你眼前！”他挥舞着手臂，继续说着，“这是一个全新的创举，仅仅基于一个小小的改变，就造就了世界上迄今为止最强大的计算机！是不是有点不可思议？”

“哪点改变？”我深深地叹了口气，说实话自从我和这个家伙为邻以来，他这副妄想症般的尊容可不是第一次见了。

老斯隆微微笑了，数月未刮的胡子一颤一颤：“拟人性。”

“拟人性？”我摇了摇头，“AI？人工智能？这已经不是什么新鲜玩意了。”

“错，错。”老斯隆在一把椅子上坐下来，认真地对我解释：“人的头脑和计算机有种根本性的不同，你知道是什么吗？”

“人脑不用电。”

“正确！不过你说的是物理基础，不是运算机制。我说的是机制上的不同，你明白吗？人脑是在自然界千锤百炼，经过数十亿年进化而来的产物，它所拥有的一种机制是计算机无法比拟的。这个机制，”他意味深长地看了我一眼，“我把它命名为‘JUMP OUT’。简称JT。”

“跳出？跳出什么，你想让计算机练习跳高吗？”我故作轻松地问道。

老斯隆没有理会我的调侃，继续往下说：“思维是一件很奇妙的事，可以说只有人类才拥有缜密的逻辑。而实际上更美妙的是人脑的思维具有主动性，简单地说就是在你还没有思索这个问题之前，有时候你就能首先意识到应该往哪条路走。这就为我们节省了很多时间。”

“我想，我们一般把这个叫作‘直觉’？”

“有点类似！不过直觉往往告诉你应该去做什么，很少有人注意到它的另一面，也就是说告诉你哪条路是一开始就行不通的，这点很特别。”老斯隆一板一眼地说着，“比如下棋，有的时候你拿起棋子就知道应该往哪里下。其实是你的大脑瞬间做出了反应，在哪些地方落子不妥，于是你就做出了正确的反应。”

这话倒引起了我的注意。业余时间我挺喜欢和朋友下下棋什么的，有的时候不必多想就知道该怎么走，因为别的走法都行不通。一个僵局，按直觉下，往往正是唯一正确的解法。“但是，这跟眼前的机器有什么关系呢？”我有些疑惑了。

老斯隆开心地笑了：“我设计了一套算法，给计算机加入了逻辑判断的功能，这样就有效地消灭了死机率。”

我摇了摇头表示难以理解。

“死机，你懂吧？死循环。如果程序设计有缺陷，或者运算过程中出现了意外的情况，计算机很容易陷入死循环。但是，人脑永远不会‘死机’。”他撇了撇嘴，“就算是白痴也不会为简单的一除以三等于几的问题算上几天几夜，这才是人脑跟计算机最根本的区别。而不是……人脑不用电之类的。”

我想我的脸一定红透了。

“也就是说，你想了个办法，让计算机自己去判断某条路是不是走得通？”过了好半天我才抬起头来。

“就是这么回事。以前也有些人写过一些简单的程序，比如连试20次还失败就放弃某个进程。可是当遇到可选的支路很多的时候这就不那么好使了，浪费的时间简直是天文数字。而且，谁又能保证第21次不会成功呢？我设计的算法，是先让计算机自己计算实现某个目标需要的步骤数，而且不论如何都要输出一个结果。哪怕是‘此路不通’四个字，这样就完全消灭了死循环。”

我大概听懂了：“也就是说，我亲爱的斯隆先生，您替计算机设计了一套程序，这样它们就可以自己决定某件事值不值得继续做下去。”

“完全正确。”

“那么，”我突然想到了一个问题，“您就不怕它们变懒吗？”

“什么，变懒？”老斯隆的眼睛都瞪圆了。

“我的意思是说，”我使劲抓着自己的头皮，“您看，现在计算机有了权力，你交给它一个任务，它可以选用任何自己喜欢的方式去完成任务，也包括，呃，直接甩出一句‘此路不通’了事。我是说，既然您的计算机思维方式跟人一样了，如果换成人的话，恐怕多多少少会开始偷懒了吧？”

老斯隆听得目瞪口呆，过了好久才缓缓开口：“这我倒没想到，不过，计算机的逻辑不该是这样的，不折不扣地完成任务才是它们应该做的。而且，”他的神情又恢复了自然，“到刚才为止，我交给它的所有任务它全部出色地完成了，效率简直高得惊人。”

我叹了口气：“如果是解方程那种任务，本来就有固定的步骤，根本显不出来你这套系统的特别之处。”

“所以，从刚才开始，我给了它一些特别的任务。超级计算机毕竟要能解决些超级任务才算是合格的嘛，哈哈。”老斯隆一脸的得意，“我希望和你分享这一切，也是略表歉意。”

“特别的任务？”我突然有了种不祥的预感。我环视着四周，简陋的屋子在北风中透风撒气，摇摇欲坠。联想起老斯隆从前带给我的种种惊喜，我不免为自己目前的处境担忧起来。我想他指的是上次他家莫名其妙的爆炸掀翻我的阳台的事。令我感到惊讶的是，在那种程度的爆炸下他居然还安然无恙。

“你有没有觉得这屋子很冷？”斯隆满意地看着我点了点头，“我已经布置了一个颇有难度的任务给它，让它终止这个房间里50%的氢原子的运动。”

我简直惊呆了，险些从椅子上跌落下来。

“根据混沌理论，这间屋里所有的原子都在运动，其运动具有必然性。如果我们能让其中的一部分，比如说50%停止运动，或者说接近静止的话，那么剩余部分的原子就获得到近乎无穷的自由度，可以逸散到别的地方去……从量子理论的角度来讲，我们就能瞬间移动到别处去了。怎么样，是不是很了不起？”

我终于明白他这么热情地邀请我来做客的原因了。

“理论上是完全没有问题的，瞬间移动！呵呵，想想我都觉得激动……”

我身体的50%可能会随时移动到别的地方去，也许是我的手，也许是脚，也许是我的头。

“当然，要完成这么大的工程，需要的能量是十分巨大的。你知道，我专门弄了一根电缆……”

也许是整个人一起移动了，但不知会到哪里去。也许是酷烈的沙漠，也许是冰冷的深海，也许是炙热的地幔中的岩浆。

“小家伙已经努力了两个多小时了，我想成果已经快要出来了。低温正是氢原子势能降低的宏观表现……”

更大的可能是，分散成无数的碎片，投入无尽的深空，成为宇宙尘埃。

“现在要做的就是，一边喝茶，一边等待……”

喝茶。好吧，人生的最后一杯茶。嗯，等等，喝茶？

“我有个主意！”我站了起来，有点激动地说，“其实用不着这么麻烦，我有个更好的点子来证明你的计算机是有史以来最伟大的计算机！”

老斯隆狐疑地看着我，不等他开口我赶紧继续说：“你一定知道，计算机面临的问题中，关于模糊领域的问题是最难解决的。既然你的计算机这么强大，干吗不让它试试解决一些模糊的问题，这可比捣鼓氢原子什么的具体问题有价值多了！”

“也好。”他勉强答应了，“测试一套程序能不能管事的‘黑箱’也该是有外行参与的。”

“那么——”我带着胜利的喜悦大喊：“让它给咱们上份大餐吧！要最好吃而且最有营养的大餐！中餐！”

……

一个小时后，我惊魂未定地走出了斯隆家的大门。我是趁着他沉溺于调试机器时，悄悄地溜出来的。可怜的老斯隆怎么也想不明白，为什么他的宝贝儿最后只端给了我们一杯清水。

“小家伙真的变懒了？”掩上房门的一瞬间，我听到斯隆在喃喃自语。

走在大街上，阳光是那么的美好。可怜的人！但愿他能想明白。连机器都能明白的道理，他却深陷其中。目标指向不明确的时候，却又不断跳出，怎么可能达到理想的结果呢？就好像一个人，有很多目标，却从不实践，又怎么会取得成功？从一开始，这套算法的基础，就是存在逻辑缺陷的啊。

希望他能早日跳出。

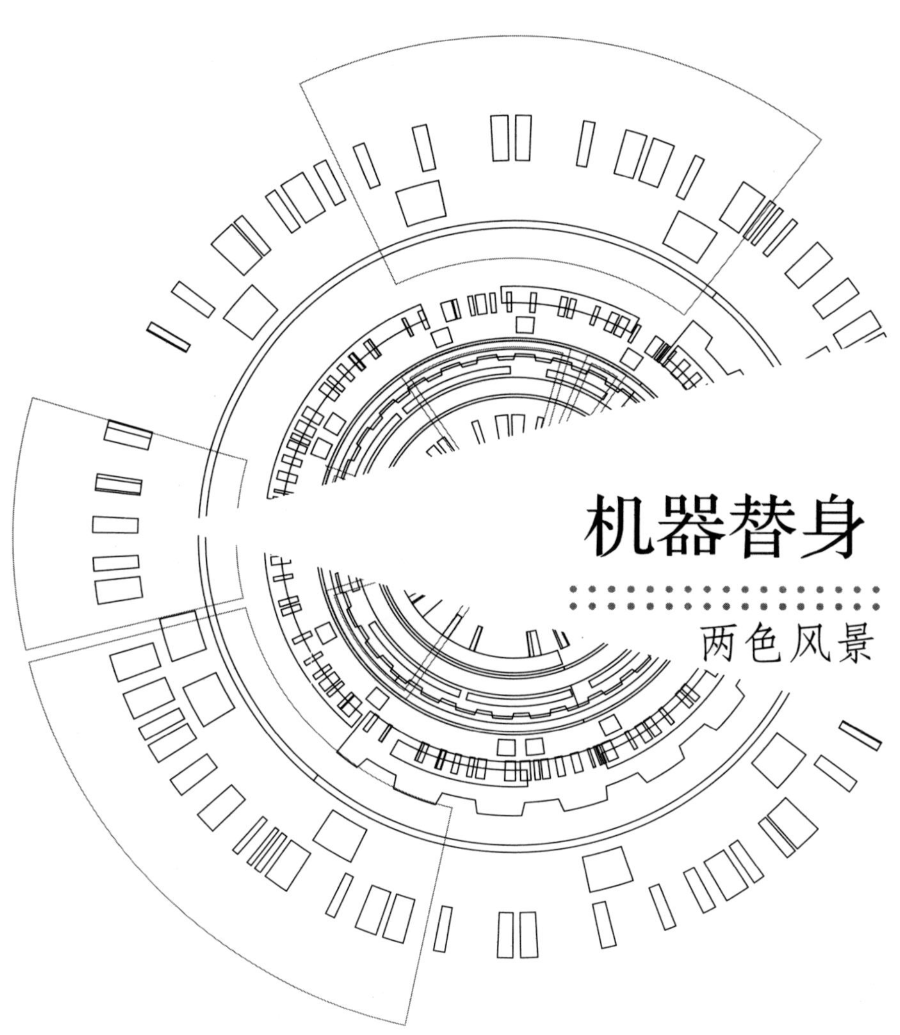

机器替身

两色风景

铁达坐在高级跑车里翻阅一本杂志。“咚咚”，车窗被敲响了。

是一名交警，他示意司机将车窗摇下来。司机慌张地转头请示铁达，铁达用下巴指挥他照办无妨。

“这里不允许停车，请……”交警的眼睛突然瞪圆了，他看到了铁达，“天啊，铁达先生！请、请给我签个名吧！”

身为功夫巨星，铁达理解自己无论走到哪里都会引起交通拥堵，因此车窗特地采用从外边看不见里边的特殊玻璃制造，如果不是这样，这位交警开口的第一句话就应该是毕恭毕敬的。

实在找不到纸，交警同志只好请铁达在罚单上签了名，他再三保证这张罚单将成为他的收藏而不是别的用途，而铁达只是微笑着请他小声些，否则待会儿这条街就该水泄不通了。

交警走后，铁达的经纪人芙妮小姐终于姗姗来迟地出现了，她的身后还跟着一个高个子，戴着风帽，头压得很低。芙妮小姐与他一同登车。

“只听说过经纪人等艺人，没听过艺人等经纪人的！”铁达出言讥讽。

芙妮小姐却只是微微一笑：“别生气，我是取一样对你很有用的东西去了。”

“什么？”铁达没好气地看了看那个高个子，“对了，他是谁？”

芙妮小姐将高个子的风帽摘了下来，铁达不禁发出一声惊叫。

是铁达！是一个与铁达长得一模一样的人！

“从今天起，他就是你的替身。叫他C就好——开车吧，该去片场了。”

“开什么玩笑！”车子开始行驶时，铁达叫道。

铁达冲芙妮小姐大发脾气。

“我告诉你，我不需要替身。”铁达说，“你难道不知道我的片子最大特色是什么？不管多危险的镜头都亲身上阵！现在你要我用机器人当替身？”

“是呀，传出去，对铁达先生的声誉不好的。”导演也为难地说。

这时他们已经到了片场。一部新的惊险大片开拍在即，铁达也已经跃跃欲试，怎知突然搞出这样的事。

片场顿时成了辩论会场，芙妮小姐以一己之力舌战群儒。而这个时候，铁达的替身——那个名叫C的机器人，一直沉默地站在旁边看着他们。

铁达也偷眼看他。不得不承认现在的机器人制作技术是越发高明了，他看着他如同看着一面镜子，只是心里丝毫没有亲切感，反而有一种很强烈的排斥与竞争意识。

“总之我一万个反对！”铁达又一次申明立场。

芙妮小姐的口气也变得硬起来：“铁达，不要忘记你和我们公司签下的合约——我们将你捧上一线巨星的宝座，而你必须完全听从我们的安排。你知道自己现在的身价，拍的片子又都充满高度危险，完全不用替身怎么行？”转向导演，“你们也不希望铁达因为意外而再无法帮你们赚钱吧？”

然后她又像购物节目的主持人一样拍着C的胸膛：“这个机器人，没有放入太多人工智能，基本不懂得思考，却可以完美执行任何出生入死的命令……只要做好保密工作，不会泄露的。”

大家终于妥协了。确切说，导演妥协在了利益面前，铁达妥协在了合同面前。

紧张的拍摄立刻开始进行。

为了能在一上来就牢牢地抓住观众，这部新片刚开始就是铁达横穿枪林弹雨爆破阵的震撼场面。

“可以用C。”芙妮小姐说。

“不必了。”铁达瞪了她一眼，“我只答应你，在某些实在困难的情况下才会考虑，你不能完全剥夺我的存在。”

芙妮小姐摊摊手，不置可否。C仍然沉默地站在一旁，的确没啥智慧的样子，老实极了。

铁达全神贯注地听着导演的倒数读秒，然后在开拍的那一瞬间，犹如破弩之箭一般疾射而出！现场立刻光影大作、炮火连天，铁达踩着早就演习过多次的路线奔腾闪躲，一梭梭道具弹在铁达的脸皮上堪堪擦过，脚下的土地在被铁达踏过之后的百分之一秒内支离破碎……这种以命相搏的临场感，完全不是电脑虚拟特效技术所能匹敌。要知道在科技越来越进步的现在，人类的体能却越来越退步，铁达的卖点就在这里！

一组震撼人心的长镜头拍完，铁达已经变得一身脏兮兮，耳朵还有些嗡嗡作痛。但他充满成就感。

芙妮小姐带着C走到铁达的身边，递上一瓶水：“辛苦了。”

铁达大口喝水，不想多说。

“接下来要拍的更加危险。”芙妮小姐说，“喷射机发生故障，你在晃得很厉害的机翼上与敌人搏斗，然后跳伞……我看不如……”

C这时上前一步，平静地看着铁达。

“你就这么想取代我？！”铁达勃然大怒了！猛然挥拳攻向C的腹间，“我看看你有什么本事！”

这记快拳来得出其不意，但是C的反应却一点儿不慢，他迅速以掌为盾接住了铁达的拳头。铁达微微一愣，立时蹲下踢出一圈扫堂腿，C不慌不忙地轻盈跳闪而过。

铁达彻底来了气：这铁家伙是想用行动证明他不比我弱吗？那就来比比看吧！铁达运足气力，将一套自创的，融泰拳、西洋拳、少林拳与空手道技巧的组合招式对C一气呵成地使出！

C沉着镇定，见招拆招，铁达竟一时奈他不何，但C乘隙对铁达做出的反击也不能得逞，被铁达轻车熟路地避过——

这感觉太熟悉了，就像是在跟自己对打似的！看着C那与自己无异的面无表情的脸，铁达满心复杂。

“住手住手！”导演挥手跑来了，“哎呀，铁达先生，接下来的戏更耗体能，您怎能把宝贵的精力花在这里呢？”

武术指导和摄像也参与了劝阻，不过又发出感慨：“打得真不错啊！”“活脱脱就是另一个铁达！”他们同时对C的身手表示了认可。

芙妮小姐挺得意地介绍：“那是当然的。C可是天才科学家霍特博士发明的机器人，为了让他最大限度地贴近本尊，关于铁达的资料，尤其是身手方面的，都被尽可能齐全地输入C的芯片。”

这时铁达看见C的手臂上一处刚被他擦过的地方渗出了血。

“机器人会流血？”铁达一惊。

“这当然也是为了逼真。”芙妮小姐抬起C的手臂让大家看，“这液体的成分跟颜料差不多。但C确实被制造成一切生理反应都尽量模仿、贴近人类……”

铁达不想再听下去了。“拍下一场吧！”他大声说道。

日子一天天过去，拍摄工作有条不紊地进行着，非常辛苦，铁达每天晚上都睡得很死。

这天醒来，铁达觉得头脑好清楚，好满足，一看时间：已经中午十二点了！可是明明有一场戏要在凌晨拍摄的！

铁达急急忙忙跑出酒店，心里疑惑怎么没人叫他。

进入片场，远远的，铁达看见一个人正被工作人员和摄像机簇拥着，进行一场行云流水的精彩武打。那不就是他吗？

不，是他的替身，机器人C！

不顾会中断拍摄，铁达愤怒地冲了进去！

导演抱歉地解释：“我是看您最近实在太累了，所以想让您好好休息一下……”

芙妮小姐的态度则令人生气：“早上这场戏是你在30层楼的高度边蹦极边打斗！惊心动魄的指数没有一个保险公司愿意接受投保！有C在，为什么不用他？”

摄像插嘴道：“如果您要求重拍的话，我的回答是不。因为已拍部分的完成度之高，简直是艺术……”

铁达快要气炸了！他猛地揪住C的衣领，把气全部集中在他身上，可这个木讷的家伙仍旧那么淡定地看着铁达。

铁达的吼声连聋子也能听得见：“接下来的每一场戏都将由我亲自上阵！再也没有你这家伙哪怕一秒钟的演出机会！”

也许是被铁达的暴怒震住了，后来的日子，的确再没发生替身喧宾夺主的事件。

终于来到了最高潮、最重头，也最挑战极限的一场戏。

临拍摄前，芙妮小姐对铁达说："这部戏绝对是你的职业生涯代表作了。"

铁达骄傲地点着头。肯定的，这部戏从头到尾充斥着匪夷所思的高难度，观感十分酷爽！铁达最大的遗憾是有一部分内容毕竟不属于他，而是替身C的功劳。

"你有没有想过，替身将是不可或缺的？"芙妮小姐又说，"从第一部戏开始，你的每一部作品都在突破自己，越来越精彩，也越来越困难……你总有到极限的时候，当观众的胃口被养刁，他们就会觉得你开始走下坡路，这时候，只有替身能帮助你实现突破……"

铁达有半晌没说话。芙妮小姐的意思他懂，他怎么不懂？好比说30层楼蹦极这种事，他即使勉强完成了，下一次轮到40层楼呢？如果做不到……铁达知道意味着什么。替身也许真是必需的，他帮你承担失败的风险，为你开创超越的可能……

不过即使这样，"我也不打算将我的荣誉拱手相让。"铁达在心里说。

摄制组前往片场——一个火山口。这场戏的内容是这样的：铁达所扮演的超级英雄与恶魔党在火山边上决斗，不慎跌落并引起了火山爆发！届时炽热的岩浆会把数块巨石像发射焰火那样喷上天，而铁达将在一块块上升的巨石间纵跃穿梭，一面闪避着致命的岩浆，一面留神脚下巨石的不断溶解……

有人要问了：现在电脑特效技术这么发达，为什么不用特效呀？——其实，这个问题本身恰好就是答案，在特效几乎能取代一切的情况下，演员亲身上阵，反而成为最大的卖点！

摄制组已经就此做足准备，动用了数台计算机和数位专家对岩浆的炽烈度、石头的消失速度、喷发时所会抵达的高度等都进行了精益求精的分析。这是不能重拍的！

芙妮小姐再三向铁达提出了动用C的建议，却被置若罔闻。铁达突然发现C的存在还是有价值的，那就是激发他捍卫自己价值的决心。到了这个时候，即使是与机器人赌气，铁达也绝对不能退缩！

一切各就各位，男主角铁达与饰演大反派的演员在火山边上摆好姿势……

“Action！”伴随嘹亮的开拍信号，大反派飞起一脚，铁达装出中招的样子，朝着火山口义无反顾地坠入……

“轰！”“轰！！”“轰！！！”

惊天动地的三声巨响在铁达耳膜里炸裂！铁达心头一凛：早了些吧？预埋的炸弹不该是这个时候就引爆吧？但不等他思考更多，数颗雷霆万钧的火山弹迎面飞来！铁达完全来不及调整姿势选择落点，就已经被火山弹迎面击中！身体立刻传来撕心裂肺的剧痛，唯一能够知道的是，绝对不允许有疏忽的这场戏，终于还是出现了疏忽……

意识涣散之前，铁达隐约看到，从地面射向天空的火红流星雨中，出现了C的身影……

铁达没想到自己还能睁开眼睛。但除此之外，他完全已是动弹不得的状态。

不知道这里是哪里。距离那个该死的火山口应该蛮远，因为四下无人，除了C。

C的衣服破烂焦黑。一定是他冒死救了铁达，只有机器人才有这样的能耐。那一刻铁达对他的嫌恶不翼而飞，转成一种望尘莫及、自不量力的反省，还有一点——妒忌。

“谢……谢……”铁达勉强说话，他的喉头剧痛，声音都不像自己的了。不用看，他也能想象自己身上的伤口已是纵错蜿蜒，鲜血将身下的土地完全染红。

绝望像一块幕布罩住了铁达。虽然这么多年来，他一直与死神形影不离，但直到此刻，才发觉死亡离自己如此之近。

随之而来的，就是各种纷纷扰扰的念头，最强烈、最痛彻心扉的一个是：超人铁达，再没办法拍戏了。

那比死亡更令他恐惧。

C静静地站在一旁，仍旧不说话，良久，却是铁达先开口了——

“C……”铁达每说一句话，都感觉最后一丝生命正在抽离，“你是……替身……能不能拜托你……以后替我继续？就当我没有死……”猛地提高声音，“银幕英雄铁达不能死！咳咳……C，去找芙妮，她会安排……好吗？听懂了吗？……”

说完这些遗言般的话，铁达已经连喘气的力量也失去，他只能用殷切而不甘的目光瞪着C。突然他看见，C的眼神从暗淡变得清晰，他走近铁达，伸出手……

铁达露出最后一抹欣慰的笑，他多想能伸手跟C紧握，就像完成一种使命的传承……但已经不行了，他还是咽了气。

C的手微微一顿，又继续向前伸着，伸到铁达的头上，就像是掀开手机滑盖那样轻而易举地掀开了他的头盖骨，手指轻轻捏住一样事物……

一千米外的火山片场，已是一片兵荒马乱。就在摄制组的人焦头烂额地联系这个商量那个时，芙妮小姐悄悄地闪到一边。

手机响了，她接起来。

“芙妮？总部刚才收到信号，B已确定报废。”电话那头是一个不带感情的冰冷声音，“C因此自动苏醒，正回收他的核心晶片。往后将由C来扮演铁达，你继续配合他。”

“明白。”

“你似乎有些哀伤。不要忘记，储存在晶片里的资料将令继任者与前任没有任何区别，预设的拦截程序也会消除他们的交接记忆，以及身为机器人的自觉。”

“我明白，对于演员来说，人情味始终是必须的。且只有对外宣称铁达是人类，他的作品才会受到观众的欢迎和喜爱。”

“我只是想提醒你，对铁达来说，完全不存在自己是人还是机器人、是A是B还是C的困扰。希望你也别太感情用事。”

“是。”

挂了手机，芙妮轻轻擦去眼角的泪花，将目光投向远方。恍惚间她想起了第一代铁达，也就是A。他也和B一样，从不怕死，怕只怕不能将更多燃烧生命的热忱传递给那些支持自己的观众，以及他深爱的演艺事业……

远处走来了一个人影，是C，新的铁达。他将继续以无敌的姿态，在电影里活跃下去。

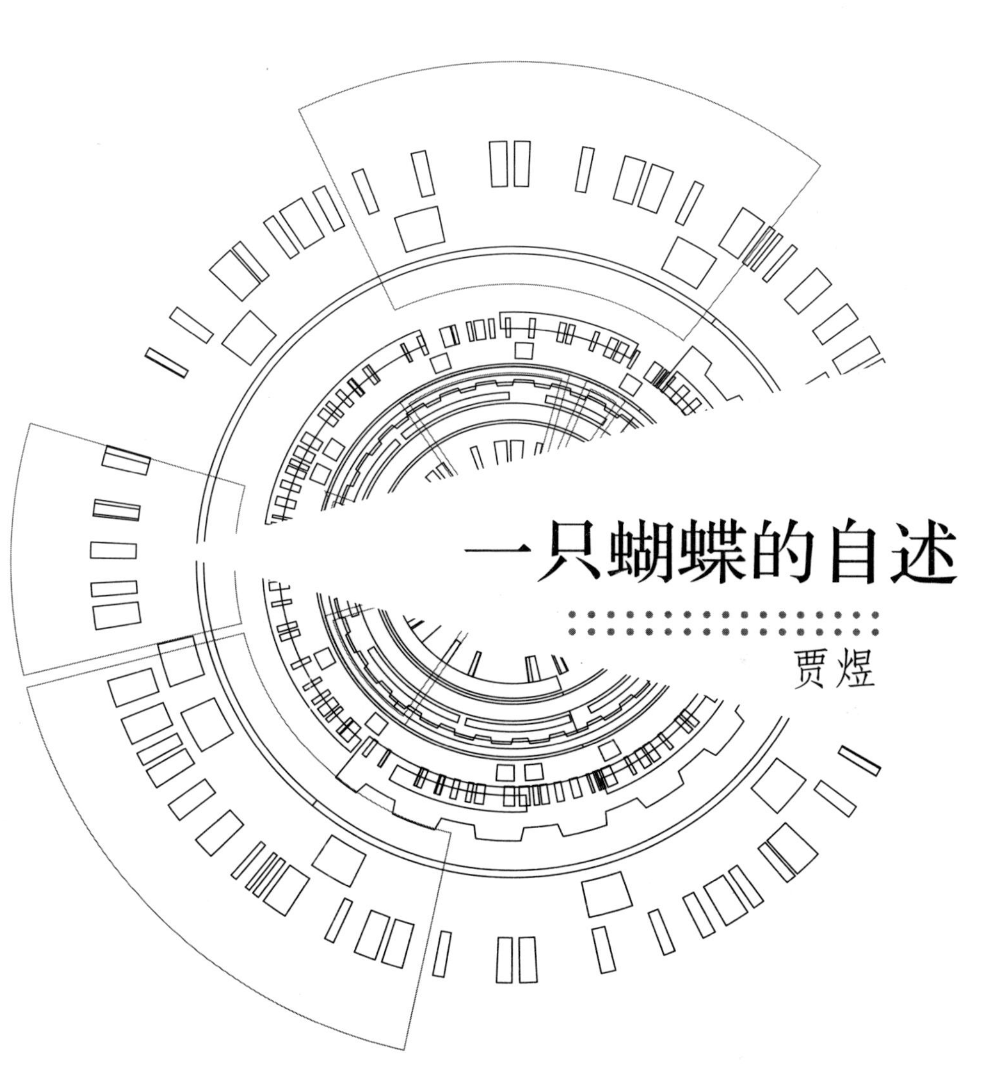

一只蝴蝶的自述

贾煜

我知道您想问我从哪里来，经历了什么，怎么会到这里。

我现在就告诉您。

一

破茧后的第七天，我被艾亚带到花园，从成千上万只与我外形一致的物种上，第一次看清自己的模样：通体呈翠绿色，前翅各有一条弧形的金绿斑带，后翅中央是金黄斑块，尾状突出细长，末端有一小截金黄。在光线照射下，我翅膀上的鳞粉闪着幽幽绿光。

花园内，蝴蝶们绕圈飞行，几乎不停落，只在需要访花时急速降低，随后又迅速冲上高空。但高空有看不见的屏障，蝴蝶永远飞不出这个花园。

我在角落里找了一朵花，故作访花的姿态停落。安稳中，我的一对锤状触角挥舞，脑海翻腾，体内的搜索引擎自动开启。我开始搜寻与我匹配的物种。很快，从海量图片中，一张照片被挑出，一大段文字弹了出来。

那是我第一次意识到自己是什么：金斑喙凤蝶，中国唯一的蝶类国家一级保护动物，被誉为“国蝶”“蝶中皇后”，目前已濒临灭绝。

原来，作为稀有物种，我与其他金斑喙凤蝶被人类谨小慎微地养在这个花园。

在明白这个事实后，我又搜索了与人类相关的信息。这期间，我居然捕捉到了来自其他蝴蝶的信号，但因公园里噪声不断，遮盖了部分信号，信号显得非常微弱。所以，我无法知道那些信号是什么。

第二天，艾亚和几个工作人员奔入花园，手持某种仪器地毯式地搜索。后来我才知道，那是一种定位仪器，用以探测藏在我们尾部内的“热点”，那里面有我们的编号，与数据库里的编号对应，方便他们监测我们的生长情况。

搜索完毕，我与其他十多只蝴蝶被捉入笼网。

我听见艾亚说：“就是这些蝴蝶，它们的超常运行触发了监控警报！”

另一个人说：“太棒了，等了这么久，终于有了反应！”

第三个人说：“别高兴得太早，说不定又是空欢喜一场。”

艾亚扬了扬眉毛：“废话少说，把它们带到工作室，赶紧进行测试。”

于是，穿过狭长的走廊，我从色彩斑斓的花园来到了天地一色的房间，那让我有些辨不清方向。我扑腾了几下翅膀，落在一处平面上，却被艾亚轻易拈了起来。

她把我装进透明盒子里，里面窄得我无法舒展身体，只能安静地站立。她戴上一副眼镜凑近我，眼睛瞪得又大又圆，眼珠透彻乌亮，像雨后花园坑洼里倒映的天空。这时，眼镜上闪现的数据隔断了天空，我发觉体内的搜索引擎被启动。眼镜开始检测我曾搜索的痕迹。

艾亚的睫毛丝丝分明，如一把羽扇，每上下一颤，眼镜就扫描我一次，镜面上也就有相应的数据流过。随着数据更替，我看见艾亚的瞳孔逐渐放大，面部肌肉绷紧，那是人类常见的一种惊讶表情。

她取下眼镜，把那些数据传到一面大屏幕，上面已有其他人员采集的其他蝴蝶的信息。他们就那样把笼网里的蝴蝶逐一检测，进行比对。

最后，只听艾亚一声惊叹：“我们成功了！”

另一个人却问：“它们真的开启了自我意识？”

“从数据分析来看，答案是确定的。”艾亚面色微红，“我们终于可以开启下一轮培养模式！”

所有人都激动起来，互相拥抱，庆贺成功。

接着，我就又被捉入了笼网，但没有原路返回，而是被带去了一间温室。我想，那是他们早就为我们准备的安乐窝吧。

温室看起来比花园大，色彩也更绚烂，空气里填充着某种淡淡涩香，引诱着我们去访花，在花间传授花蜜。可我很快发现，温室的天空低矮，限制了我们的飞行高度，如同有一只大手挡在我们头顶，把我们按在一个压扁的大空间里。

我以为从今往后都将在温室度过，被艾亚们摆弄于指尖，没想到此后的一天，突如其来的地震创造了一个机会——我从开裂的天空飞了出去，直冲头顶那片真正的蓝天。

我知道，外面有个更广阔的世界正等着我。

二

那场地震不是普通的地震，而是由地震武器引起的。我的资料库显示，艾亚的工作区域位于非地震带，是在一个超大型实验园区里，其50千米外是一个超大型城市，周围密布着看不见的屏障，就像公园和温室上方的屏障。但不同的是，后者是为了限制我们飞出去，前者却是为了限制外面的东西溜进来。城市的屏障为人类防护着什么。

显而易见，屏障的防护功能是有限的，并没能防住地震武器的袭击。据后来的新闻报道，地震不是立刻出现的，它在核爆的一周后才发生，定向声波和冲击波形成的摧毁力，在破坏范围和破坏力方面都超过了核武器。地震武器通过诱发自然灾害间接实现破坏，其爆炸在距城市几千千米外的地下进行，具备极强的隐蔽性。因此，没人觉察这次地震的到来，更别说预防了。

对城市里的人类来说，地震是灾难性的，但对于我，却是幸运的。我飞离了园区，看见的不再只是斑斓的花朵，而是各种倒塌的建筑，腾起的浓烟，尖叫或哭喊的人们……一个丰富而灰蒙蒙的世界。我想，我得尽快离开这里，去适合蝴蝶的地方生活，这样才能获得属于蝴蝶的自由。

我的导航系统立即锁定了一个目的地：南方亚热带地区的大瑶山，海拔1000多米，植被属于常绿与落叶阔叶混交林。那里气候适宜，动植物资源丰富，号称物种的“基因库”，曾有使濒临灭绝动植物种群得以恢复和繁衍的记载。

在飞往大瑶山的途中，我利用力学原理，从一根晾衣线的中间疾驰而过，让细线截断了我的尾巴，这样我就甩掉了“热点”，艾亚们再也追踪不到我。所以，您看，我尾部少了半截，就是因为这个。

从北到南，长路漫漫，由于飞行速度的限制，以及选择的最优路径，我花了整整两个月的时间才到达大瑶山。这里的最优路径，不是说最短，而是指躲避危险的路径。因为地震武器让我意识到人类世界正在发生不友好的事情，那可能会伤害到我，所以我选择了避开人类的最优路径，飞了一条复杂的曲线，才顺利进入大瑶山保护区。这一路上，我通过视觉吸收了很多图像，不断升级数据系统，竟滋生出一些奇怪的感受。

我飞过蜿蜒如链的沙丘，看着荒凉的波浪纹路，感到孤独；我飞过星罗棋布的湖泊，看着镶嵌于大地的晶莹宝石，感到欣喜；我飞过苍茫辽阔的草原，看着云朵在绿布上绘出光影明暗，感到新奇；我飞过延绵冷峻的雪山，看着万物被白色覆盖，如同倒在废墟中的人们被白布所包裹，感到悲伤……这些真实的景物，似乎唤醒了我的感官，这是艾亚们送给我的意外礼物，我感到激动。

当我带着美妙的感受抵达大瑶山时，正值杜鹃花开，彩色的花朵与新叶嫩绿交相辉映，一派绚烂夺目。我顺着潺潺溪流，从清冽的水面掠过，向花海深处探寻。忽然，空中出现了翩翩曼舞的身影，最初是几只，后来越来越多，很快就铺满了整个花海。我的视角神经迅速在系统里比对，将它们罗列在我大脑里：柑橘凤蝶、玉带凤蝶、青凤蝶、猫蛱蝶、黄钩蛱蝶、幻紫蛱蝶、金斑蝶、虎斑蝶、水青粉蝶……它们以各自的姿态，在阳光下闪动着高贵的光泽。

一只金斑蝶飞到我身边，搓动触角，其他蝴蝶也纷纷朝我飞来。它们围着陌生者，上下忽飞，传递着某种信息。我立即摸索到这些信息的规律，汇成蝴蝶的语言，与它们交流。就这样，我毫不费力地融入了它们的群体，渐渐体会到了朋友的含义。

三

我在大瑶山的安适中进化，同时观察着朋友们的进化。那时我才知道，伙伴们的生命是多么短暂。

尽管我在云数据库中了解到蝴蝶的生长过程，但亲眼所见又是另一回事。伙伴们一生会经过四个阶段：卵、幼虫、蛹、成虫。但我，只经历了后面两个阶段。

伙伴们的生命最短只有一个月左右，最长也不超过一年。所以，他们不断更替着，我还来不及为上一位伙伴的逝去而伤心，下一位朋友就已离去。渐渐地，我习惯了蝴蝶群这种极快的生命节奏，要知道，在我出生的地方，几乎没有同类会死去，只有少数不合格的才会被艾亚们清除掉。

我不禁问自己，我的生命究竟有多长?

抛开这个问题，我也意识到，除了死亡对生命的威胁，还有很多人为因素给我们带来了更大威胁。

我印象最深刻的一次，是在山边的河滩上，伙伴们遭受了最为惨烈的捕杀。那是在江河干涸的季节，含有矿盐的淡水无处可觅，喜欢吸食这种水分的伙伴命在旦夕。突然有一天，一只青凤蝶发现了新的水源，召集伙伴们一同前往，我也就跟着去了。虽然我不吃不喝，靠吸收太阳能驱动生命，但因长时间和伙伴们待在一起，也就习惯了与他们保持行动一致。

到了水源处，伙伴们迫不及待地去吸水，我落在后面，慢悠悠地驻足在一块石头上晒太阳。当我的触角靠近水面时，一个警告标志忽地从我眼膜网上弹出来。我一惊，赶紧向周围发出水里有毒的信号，可为时已晚，许多伙伴跌在水里。

与此同时，我收到了远处幻紫蛱蝶的信息。他们中也有同伴因吃了毒食，纷纷倒地。我的系统即刻分析出这关联现象后的逻辑：职业捕蝶人正利用蝴蝶的各种特性用毒药进行诱杀！他们知道一些凤蝶和粉蝶喜欢集体吸食矿盐水分，所以专门找了一处河滩投毒；他们知道一些蛱蝶专吃腐烂食物，所以特意在发霉的食物上涂抹有毒药水，投放在山间蛱蝶喜欢去的地方……太可怕了！

就在我分析这一事态时，我的千万伙伴们正在死去！

猝然，河滩的林子后面出现了一个人，他举着一张网走出来，鬼鬼祟祟。他站定在水边，朝水面上一挥，正准备逃离的伙伴被一网打尽，落网后的它们瞬间被电死。我慌了，迅速起飞逃跑，反而引来了那人的注意。

“金斑喙凤蝶！是金斑喙凤蝶！”那人兴奋地叫起来。这一叫，林子后面就钻出了更多的人，他们手持各种捕蝶工具朝我冲来。

我奋力扑打翅膀，往水面的高空飞，尽量不让他们够到我。由此，我第一次体会到什么是恐慌，那如同夜空中的闪电劈过，整个森林都在颤抖。如果艾亚们知道会有这一幕，一定很后悔只给予了我智力，而没有为我设计防御功能，以至于我终究没有逃过捕蝶人的先进工具。

我落网了，一刹那，高压电流从体内而过，我某个部位忽闪了一下，左边的后翅折断了，警告标志占据了我的眼睛，闪烁不停。

“嘿，小心点，别把翅膀碰坏了，必须要完整的！”一个人喊道。

“知道了。没想到这山里还有金斑喙凤蝶，我们要发大财了！”另一个人抑制着激动，唤来两个帮手，打开一个大箱子。

我假装死了，一动不动，任由他们将我从电网中取出，放在一层薄纸上。

几个脑袋凑过来围住我。其中一人叹道：“太美了，我从来没见过这么美的蝴蝶！”

“这是濒临灭绝的一级保护动物，今天能在这里看到，是我们的福气。”

“你们都少废话，快把它安置好，如果能卖个好价钱，我们这两年都不用干活了，哈哈……”

他们在我身上又铺了一层薄纸，准备将我放入大箱子中。透过薄纸缝，我偷看到箱子里平躺着上千只被薄纸隔置的蝴蝶。震惊之余，我利用算法推算出逃离的可能性，就在捕蝶人不备之时，一跃而起，将全身积蓄的所有能量都汇集到翅膀上，推动它们直冲蓝天。

捕蝶人又慌又怒，抓起工具急速来扑我，我用力扇动右翅，躲过他的工具，飞入了丛林。我沿着高大而笔直的千年古树往上飞，直到确认安全后才停下来。扒开树叶，我从缝隙里看见捕蝶人气急了，一脚踢翻了大箱子。随后，他们朝我消失的地方寻来。

四

捕蝶人誓不罢休的气势吓坏了我。可以肯定的是，我不能再待在蝴蝶谷，必须重新找一个安全的地方。

我朝大瑶山更深处飞去。

途中，我看见大石块堆砌而成的石台上躺满了蝴蝶的尸体，一堆一堆的，每一堆附近还留着它们尚未吃完的毒药。其中较大的一堆毒药旁，躺着约百只中大型蛱蝶，它们张开两只漂亮的翅膀，白、黄、褐等鲜艳的斑纹让它们的死姿显得优美而安静。

通过搜索，我得知我们危险的来源主要因为有大批蝴蝶研究者、收藏家或爱好者，他们的需求促使蝴蝶商人的出现，从而又促使了职业捕蝶人的出现。每年，全世界蝴蝶的货币交易量高达几十亿，像我这类野生物种单只售价就可达几十万！遗憾的是，我并非珍贵的野生蝴蝶，如果捕蝶人分辨不清，将我送出去，恐怕他们会成为行业的笑话。

另外，我也实在不明白，为什么有人会对蝴蝶身体如此痴迷，他们把蝴蝶做成标本，或制作成各种工艺品出售，能获得多少好处？难道他们不知道，他们的重金收购，刺激了多少人狂捕滥采，最终会造成蝴蝶的灭绝吗？人类喜欢美丽的东西，却不尊重美丽，他们试图将美丽固化永存，反而破坏了美丽，这真是一种不可思议的相悖。而蝴蝶的美丽成为它们惹来杀身之祸的根源。看来大自然馈赠的美，未必都能带来好运。

越进入大瑶山深处，丛林越浓密，太阳被重重叠叠的枝叶遮蔽，让我身体能吸收的阳光越来越少。一天，我感到眩晕，全身被电击后的无力感愈渐强烈。我有些后悔，我不应该往丛林深处飞，而应该去草原那种敞亮的地方，但我已没有力气飞那么远了。

我开始往下坠。

叶缝透过来的两个光斑，像太阳的眼睛，在上空盯着我。

翅膀停止了扇动。我在两只眼睛的凝视中，坠落在一堆杂草中。

杂草上下晃动，我看见四周的围栏，意识到自己是落入了一个箩筐，有人背着箩筐在山路行走。我慌乱不堪，极力想飞起来，可杂草的蔓缠住了我的翅膀。我无能为力，叹息还是没能逃离人类，默默等待即将到来的噩运。

为了节约能量，以备危急时刻之需，我启动休眠模式，迷迷糊糊睡过去。当我醒来时，发现我已来到一座山间的住房。背箩筐的人放下箩筐，清理杂草，很快就发现了我。

他双手捧着我，跑入庭院，半蹲，对轮椅上的一个人说：“嘿，莹苔，看我找到了什么！”

那人埋头凑近，惊讶地张大嘴。

“没错，是蝴蝶，一只还活着的蝴蝶。”

“它看起来像受了伤。”

“是啊，所以才落到了我的箩筐里。”

“杉柏，您想拿它怎么办呢？”

“当然是养好它，让它陪伴你。我知道你最喜欢蝴蝶。”

叫“莹苔”的女人笑了，伸手抚了抚我，又将手心贴在叫“杉柏”的男人的脸颊上。

我看着两人的灰白头发，预测出他们的年龄，再根据他们的面容与云数据库里人像的比对，基本确定他们没有杀伤力。有句话叫“相由心生”，他们看上去的确比捕蝶人和蔼可亲。

杉柏试图“救”我，在检查了我的翅膀后，他愣住了。他是除艾亚们外第一个知道我真实身份的人。但他没有揭露我，而是在反复观察我后，将卖野菜换取的钱去买了一些零部件。

他不是艾亚，他没法修好我。我感到他很沮丧。

在庭院充足的太阳光里，我逐渐恢复，有了足够的能量后，我想到了一个办法。

那天，杉柏正将刚从山林中采摘的野菜榨成汁。当他把汁倒入一个小罐子里准备封上时，我将他引到镜子前。我用触角蘸了一点汁，把修复翅膀的方法用他可以理解的图案和字体涂画在镜子上。这个过程持续了很久，消耗了我很多体能，但庆幸的是，杉柏看懂了。

杉柏戴上老花镜，认真研究了一个晚上，第二天，他将我放在镜子前，开始为我“疗伤”。我抬起我受伤的翅膀，通过镜子“指导”他。在进行每一步修复前，他都会先向我确认，直到看见我触角挥动，他才动手。我和他在这一互动中，达成了某种默契。

杉柏年龄大了，眼睛不好使。他担心失手让我“伤上加伤”，非常小心。所以他花了三天时间，才把我的“皮外伤”完全修好。

在我“康复”的日子里，杉柏与莹苔待我如宝。他们让我改变了对人类的最初认知，让我慢慢学会了怎么与人类相处——他们是普通的大部分人类，不是艾亚们，也不是职业捕蝶人。

从此，我心安理得地在这个家“安顿”下来。

五

每日，杉柏上山采摘，莹苔就在庭院里等他。她不知道我的身份，担心我随时会飞走，就让杉柏弄来糖浆，试图留住我。但杉柏告诉她，我不吃糖浆，我是一只通灵性的蝴蝶，会永远陪着她。

莹苔半信半疑，后来见我真的不飞走，开心极了。杉柏不在时，她就视我为朋友，开始絮叨讲述一些往事。她说，她和杉柏并非夫妻，是医生和患者的关系。那时，她是主治医生，杉柏是绝症患者，在她告知杉柏生命只剩半年时，地震发生了。她被压在石墙下，杉柏救出了她，可她仍受了重伤，双腿残废，上身皮肤也被多处划伤。一时间，她无法接受那样的自己，屡次想结束生命，却被杉柏制止。杉柏说，既然我也活不长，不如你就陪我半年，我们去人烟稀少的地方过完最后的日子。她答应了，与他来到了大瑶山。到了这里后，她却发现，不必活在别人的目光中，是多么惬意与自在。她逐渐恢复自信，爱上了这里。

莹苔说，杉柏是一个奇迹，她为他确诊时，坚信他活不过半年，可他已经又活了30多年，她觉得难以置信。而她自己，也因在他身边相依相偎，直到现在，再也没有放弃生命的念头。说这些话时，我就停在她的膝盖上，看着她的银发在阳光下发光，让庭院里的鲜花都失了色。

我喜欢这种温暖的故事，它把捕蝶人带给我的“心理阴影”一扫而尽。我对人类产生了信任与感动，一如之前产生的恐慌和憎恨。我明白了，看待任何事物都不能以偏概全，以局部的瑕疵而否定全部；我学会了用辩证的眼光去观察世界。

渐渐地，我还从莹苔口中得知，杉柏曾是一名机修工，在躲进大瑶山前，他的工作已被人工智能取代。为了维持生计，他这几十年全靠采野菜、草药或野菌卖点钱。他说，这些东西越来越少，物以稀为贵，很多人愿意高价购买，所以他和莹苔才有了经济来源。他每日上山的时间很长，行动不便的莹苔感到孤单。有一天，她在庭院发现一只受伤的小鹿，试着帮它疗伤，使小鹿康复。从此，杉柏便时不时抱一些受伤的小动物回家，莹苔救助它们，找回了医生救死扶伤的快乐和充实。在我到来之前，她还养过五只狗和六只猫，但它们都相继老去，离开。她很伤心，这时，我出现了。她如获至宝。

莹苔以为我像野生蝴蝶那样生命很短，非常照顾我，用花叶为我编织了一个窝。天气晴朗时，她把窝置于太阳下；刮风下雨时，她就把窝挪到屋内。为了感谢她，我搜集了一些逗人类开心的方法，每天围着她表演飞舞，极力逗乐她。通过这些表演，我也有意识地训练自己，学习一些避险技能。捕蝶人的存在，让我知道了防御的重要性。

蝴蝶常见的防御方法有三种：警戒色、拟态和气味。警戒色是以艳丽的斑纹示意毒性，拟态是模仿其他动植物混淆视觉，气味是以散发恶臭使敌厌弃而免其害。这三点对于我来说，都难以实现。我的外表无法变幻，体内更无法挥发臭气，虽然我有最强大脑，但我自身的局限性非常明显。我如何来突破自己？

在试验了种种方法后，我得出最简单的防御便是——舍弃美丽。蝴蝶的天敌本是鸟、蜥蜴、蜘蛛等，而我的天敌只有人类。我能轻松躲过

自然界动物的抓捕，甚至捉弄它们，却难以躲过人类对美丽的贪婪。因此只要舍弃美丽，我最基本的防御就算实现了。人类不会对一只灰不溜秋的大飞蛾感兴趣。

在我离开这个“家”之前（没错，我必须离开），我去了一趟蝴蝶谷，找到那些幸存者的后代，或再后一代，告诉它们有一个地方的人会保护它们，有足够的食物让它们免于诱杀。基于对我的信任，一部分蝴蝶跟我来到了杉柏和莹苔的家。那天早晨，莹苔推开房门，骤然看见满园飞舞的蝴蝶，眼泪就滑落下来。她对这些小精灵的到来无比动容。

我飞到莹苔的发髻上，为她的头饰做点缀，小伙伴们也纷纷飞来，落在她身上，为她打造了一件舞动的蝴蝶霓裳。杉柏赶忙将这一奇景拍了下来，其中一张也将自己框入了照片。这便是我与他们唯一的合影。

这也是我与他们在一起的最后一天。为了救他们，我不得不走，但他们不知道我为什么走，更不知道有危机正在降临。隐居在山林的他们，完全不关心外面世界的变化。可是，不关心不代表不发生，只要还生活在地球，就无法避开外界的干扰。换而言之，就是外界的一个微小变化，就能带动整个系统的连锁反应——杉柏和莹苔就处于这连锁反应的后果之中。

有一个词语可以概括这一现象，你们叫它“蝴蝶效应”。

六

我必须救杉柏和莹苔，因为我感觉到了爱和责任，尽管他们对一切一无所知。

离开的那天，我飞到一家工厂的废水池，将翅膀沾上黑汁，变成了一只又黑又臭的蝴蝶，这才按计划开始漫长的旅程。

首先，我来到工厂的流水线，钻进一个待封的货箱，箱子上的标签写着目的地：巴布亚新几内亚。然后，我随箱子被送到机场，在到达目的地卸货和运输的途中，经受了一些颠簸。在箱子开启后，我紧贴深色的箱壁，黑汁保护我躲过了人的视觉。在箱子被回收前，我偷偷飞了出来。半天时间内，我就来到了6000多千米之外的新国度。

我重新定位，根据系统计算的模型，朝着西北方向的一个珊瑚岛飞去。在临近那座岛的海域上空，我将运用“蝴蝶效应”，在某个点位扇动翅膀，影响周围的气流，从而引发空气系统产生相应变化，让连锁反应改变龙卷风发生的位置。

那是一场人造龙卷风，与地震武器的用途一样，能够摧毁目标城市，但目标城市早有防范，准备将龙卷风“驱赶”到人迹罕至的大瑶山，以减少人员伤亡。我从海量的信息中搜到了这场“暗斗”的蛛丝马迹，第一反应是保护大瑶山，不能让杉柏和莹苔成为“牺牲品”。于是，通过几个夜晚的测算，我终于得出了一个力所能及的方法。

从算法来看，这个方法的隐蔽性极高，能在捣毁龙卷风之前不被察觉，可同时，不确定性也很高，我只能赌一把。

于是，我又花了半天时间，飞到了模型中指定的经纬度。一路上，我畅通无阻，没有引起任何人和动物的注意，很可能是我身上的臭味让他们远远地就躲开了我。因此，我比计划提前到了引发“蝴蝶效应”的初始点，接下来，我只需要在那里连续扇动翅膀至少600万次，就可能达到预计的效果。

初始点所在的海域无比美丽。每天，我都看着太阳从海平面升起，将金光铺满蓝天和大海，折射出流光溢彩的奇观。随后又看着它从珊瑚岛的水平线落下，像羞答答的少女藏起来换装，再露面时，就变成银装出席的月亮，又将银光洒满夜幕和沙滩，呈现一派光怪陆离的世界。

珊瑚岛周围的区域，海水透彻，五彩斑驳，由深至浅，蔚蓝、湛蓝、翠绿、浅绿、澄白……鱼群盘旋在珊瑚四周觅食，偶有鲨鱼扫过，娇小的鱼群就迅速散开，躲进礁脉之中；岛上的沙滩旁，椰树、灌木、丛林孕育着海龟、海蟹、海鸟，也有蝴蝶。这里是珊瑚礁构成的瑰丽花园，我多么希望自己不再是蝴蝶，而能成为一只鱼，悠游在海中，那一定和在天空飞翔一样美妙。

我一边欣赏着孤岛，一边扇动翅膀。从外表看，我并无异样，实则在我体内，模型中的数字不停翻腾。气流变化导致的影响，在呈几何级数增长，微弱的改变将无声无息地汇聚成一只大手，在千里之外翻云覆雨，阻止人造龙卷风的形成。

有句话叫：人算不如天算。当我把所有注意力放在引发“蝴蝶效应”时，却疏忽了身边的意外。那是在一个中午，几条大海鱼嬉戏，在海面窜上窜下，溅起海浪。一个浪头打过来，不偏不倚正中我，猝不及防，我像被谁突然摁在了海水中，再也飞不起来。一只海鱼发现了我，朝我游来，它用嘴将我顶起，大概是嗅到我身上刺鼻的味道，随即又游开了。我趁着它将我顶起的瞬间，试图重新起飞，但湿漉漉的翅膀格外沉重，我又掉入了海里。

如果大海始终平静，我展开翅膀，漂浮在海面，可能很快就会被冲到沙滩获救。哪知那日波涛起伏，我微小的身躯没经受几个小海浪，就被折腾得几乎散架。我感到水一个劲地往身体里灌，所有器官都停止了运转，眼前逐渐变得一片空白。当能量骤减至零，我失去了知觉。

用你们的话说，我应该是昏了过去。

七

没想到我能再次苏醒。

从后来得知的信息，我是被人当作失败的测试品打捞起来，然后被扔在了垃圾堆。新的小伙伴见我还有“生还”的机会，帮我清理了身体；经过暴晒，我体内的水分蒸发了，太阳赐予我能量，让我的器官重新启动。

我的新伙伴是一条蚯蚓、两只蜜蜂和七只蚂蚁。

那是一座人造岛，上面有一个类似艾亚们实验园的地方，那里除了制造蝴蝶，还造各种各样的小动物。曾几何时，我是多么希望自己能有同类的伙伴，现在我终于遇见了它们。

通过几次调试，我很快就与它们对上了话。

“你终于醒了，”蚯蚓说，“你看起来不像出生在这里。”它身体的前端晃来晃去，看似是圆乎乎的脑袋。

“这是哪儿？”

“他们叫它伊甸岛。”两只蜜蜂异口同声，它们长得一模一样，连振翅的频率都一样。

“他们是谁？”

“一群制造我们的人。”一只体型稍大的蚂蚁回答，它站在蚂蚁队伍的最前面。我猜它是蚂蚁队伍的头头儿。

“你们是谁？”

“我们是他们制造物中的失败品，被丢弃在这里，准备随时被回收。”蚯蚓耸了耸身体，将前端高高昂起。

“什么意思？”我抖掉翅膀上的污秽问。

“意思是，我们是被测试失败的实验品，他们将我们堆在这儿，等堆到一定数量，就会将我们一起处理掉，到那时，我们就真的失去了生命。”蚂蚁头头儿耷拉着脑袋说。

蚯蚓接着说：“我们只是部分功能出了问题，没有执行好任务，就被他们视为废品，太不公平了，所以我们在这里寻找还能继续活动的伙伴，壮大力量。”

“哦？壮大力量了要干什么？”我觉得它们很有趣。

“离开伊甸岛，实现自由！”两只蜜蜂答。

“对，我们要想办法一起离开。”蚂蚁头头儿晃动着触须，“但现在，只有我们几个还清醒着，其他动物都废掉了。”

蚯蚓靠近我，问：“你来自哪里？”

我努力扇动翅膀：“我来自大海的另一边，一个很远很远的地方，我想回去。”

“既然如此，你只有加入我们了。也许，我们能帮你回去。”

我扑腾了几下，摔在地上，站起来说：“好，我加入你们。”

“我们有一个周密的计划，你来得正是时候。”

“这是我的荣幸。”我学着人类客套的模样，微微鞠了一躬。

在后来的日子里，我慢慢察觉到我与新伙伴的差距。它们身体的材质比我好，耐热耐寒耐酸碱都不在话下，防御功能更是高于我，因为它们被制造出来的目的与我大相径庭：我用于观赏，它们用于军事。

蚯蚓没有眼睛，但其身体表面的感光细胞模仿了蛇的“热眼”功能，上面排列着一种似照相机装置的天然红外线感知能力，能探测地面或地下经过的特殊物体，做出敏捷反应。蜜蜂用于侦察，可探测危险环境、搜寻伤员、进行天气预报等。它的尾部由太阳能电池片构成，除了收集和提供能量，还藏有微量针剂注射装置，用于储存药物。蚂蚁头部有一个小管，可以模仿白蚁向敌人喷射胶粘剂，身体底部有光学传感器，可使用地面的红外线标记进行导航。它们还模仿了锯针蚁的下颌骨，可以自由打开或合闭，既能当武器用作捕猎，又能把自己弹跳出去，用于逃生。它们不仅能单打独斗，还能协同作战，相互之间可通过特殊通信接受来自其他蚂蚁的信号，互相学习。

然而，它们或多或少都有残缺。蚯蚓的“热眼”功能出了故障，无法敏锐地感受外界环境；两只蜜蜂尾部的电池片部分脱落，常因能量不足无法起飞；七只蚂蚁的下颌骨不同程度地被损坏，无法捕猎或逃生。但即使这样，它们也比我强一百倍。

与它们在一起的日子，我自惭形秽——这是一种全新的感受。

八

新伙伴们的计划是，通过人类垃圾运输车离开伊甸岛，找到零部件的生产厂家，修好自己有残缺的身体，最后远走高飞。

“我们计算了各种逃离方式，只有这种办法胜算最大。”蚯蚓说，“否则我们只有在这里被粉碎，然后作为电子垃圾被送走。”

“被粉碎？太可怕了！”我的翅膀哆嗦了一下，因在海水里长期浸泡，翅膀上的黑汁若有若无，使我的模样更丑陋了。

“人类垃圾车会在每个月固定时间运输一次，这个月的时间就在今天，我们不能再等了。”蚂蚁头头儿说。

“我要怎么做？”

“很简单。你背着蚯蚓和我，蜜蜂各背三只蚂蚁，我们便可以从电子垃圾区飞往人类垃圾区，乘着他们的垃圾车离开。”

蚯蚓蠕动着，停在我面前：“你的出现为我们节约了大量时间，如果不从高空飞走，我们至少得花费三天才能穿越两个区。”

“事不宜迟，那我们开始行动吧！”我俯身趴在地面，让蚯蚓顺着我的翅膀蠕动到我的身体上，蚂蚁头头儿也立刻爬上来，站在我的后颈处。与我笨重的身体相比，它们的材质很轻，我载着它们试飞了两下，丝毫不影响我的飞行速度。

两只蜜蜂各载着三只蚂蚁也飞起来了。它们飞在我前面，侦察前方路况，为我引路。

从高空俯瞰，电子垃圾区到人类垃圾区的距离并不远，空中也没有地面那些障碍物，如果能够顺利飞过去，我们的计划是可以轻易完成的。

垃圾区承载着伊甸岛的各种垃圾，按类别堆放在不同区域，唯有一辆通往外界的智能垃圾车。这天，我们按预算的速度正好能够搭乘上顺风车，可途中，一只蜜蜂发生了意外。

就在垃圾车快启动时，一只蜜蜂因能量不足，突然飞行困难，直线往下坠。我本来想借点力给它，让它坚持几秒，可它还是和三只蚂蚁摔在了地上，所幸大家没有受伤。此时，另一只蜜蜂刚好在垃圾车上安全着陆，眼看自己的同伴坠落，着急地挥动翅膀想要营救，却被另外三只蚂蚁死死拽着。

我迅速停落在垃圾车顶，将蚯蚓和蚂蚁头头儿放下，对它们说：“你们别急，我来想想办法。”

出发前，它们与我分享了垃圾车的型号，因此我径直找到了垃圾车的摄像头，将翅膀铺盖其上。我们都知道，垃圾车虽然是人工智能，但仍旧有人24小时监管，如果有人发现异常，就会暂停运输。

我的招数果然起了作用。我刚铺在摄像头上，垃圾车就停止了启动。我为坠落的伙伴们争取到了时间，尽管只有短短的半分钟，对于它们来说，也足够了。

由于在大瑶山有躲避捕蝶人的经历，我的经验足以对付监管人，在他们来清理我时，我敏捷地冲向天空，又以迅雷不及掩耳之势逃向垃圾堆，再在他们视角范围之外悄悄溜上了垃圾车。

垃圾车暂停的时间不能太久，监管人没有捕到我，骂骂咧咧地回到监控室，重新启动垃圾车。我猜测，刚才我的行为已经被监控录下，接下来垃圾区的人会地毯式地捕捉我，如果他们将我的录像上报，发现我来自远方，还可能引发一场恐慌。但到那时，我和伙伴们早已不知去向何方了。

我们安全搭上了垃圾车，躲在车顶的一处通气管下，虚惊一场后，大家安定下来，开始谈论刚才的历险记。坠落的蜜蜂和蚂蚁们非常感激我，伙伴们纷纷对我另眼相看，特别好奇我是怎么想到那个办法的。我便告诉它们，我曾经与人类共处，分析过他们的行为路径，知道他们在什么情况下会做出什么反应。伙伴们问能不能把这项技能传授给它们，我说，那不算什么技能，而是需要长时间对人类进行观察才能得到，光靠数据永远也理解不了。

我说了很多这方面的事，到最后，这些功能远远高于我的伙伴果真理解不了。搜索和运算对于它们来说很简单，但对人类的情感和行为，它们始终无法理解，就像无法理解我的诞生。记得初次见到我时，它们讨论了很久，像我这种不具备任何功能性的物种为何会被制造出来。现在，它们知道了答案。

它们心服口服。

九

垃圾车停靠在目的地，我们偷偷从里面飞出来时，天已是墨黑。我没有夜行功能，像盲人般跟着蜜蜂飞行了一段路，蚯蚓便建议停下来。而蜜蜂的动力也明显不足，需要等白日在太阳下储存能量才能载着蚂蚁继续飞行。大家一拍即合，找了棵大树住下。

城里的树都不是树。伙伴们以为是树，我说那不是树，大瑶山里的才是真正的树。通过一晚上的解释，它们才知道包括在伊甸岛上所见的树，只是外形像树，有树的作用：调节气候、净化空气、防风降噪、防止水土流失……仅此而已，却不是真树。

我们坐在仿树皮的橡胶树枝上，齐齐望向夜幕的明月，祈盼它早点落下，让太阳升起来。这晚，蚯蚓和蜜蜂都讲起了它们在战场上的经历，那种惊心动魄，堪比与捕蝶人斗智斗勇。但让我最感兴趣的，不是它们如何发挥技能、如何摧毁敌人中心、如何受伤被回收到垃圾区，而是一直以来萦绕着我的问题。

我问："为什么会有战争？"我问过杉柏和莹苔，也在搜索引擎里寻过很多答案，可依然想寻找更多不同的答案。

"没有战争哪来的我们。"蚯蚓干脆地答道，"战争就是为了创造更多种类的生命。"

"不应该是毁掉生命吗？"蚯蚓的回答让我觉得稀奇。

"毁掉的是人类，留下的是我们。"两只蜜蜂似设定好的程序般默契地回答。

“没有人类，我们又有什么好处呢？”

“没有好处，也没有坏处，或者说利弊平均。”蚯蚓蜷缩身子说，“总会有新物种替代旧物种，那些新物种，可能就是我们。”

我不再作声。我想笑——如果我有笑神经的话。这些身体残缺的伙伴们，真会异想天开。可随后，我突然想，如果它们的同类都抱有这种想法，那么人类的战争不由它们引发，都可能是它们促使的。战争中哪怕是一个微小情报，都可能造成敌我双方的误会或仇恨，导致战争愈演愈烈。

不敢细想，也不敢多问，我眼膜上闪过四个字：蝴蝶效应。

在我与蚯蚓、蜜蜂闲聊的时候，蚂蚁们却在工作。

蚂蚁头头儿带着它的队伍探路去了。我们从搜索到的信息中得知，要到达零部件工厂，从空中绝无进入的可能。因为工厂是一个密闭的蛋形建筑，所以蚂蚁们利用夜晚的时间，先去地面探一条最佳路径，再等天亮带着我们统一行动。

当金黄的月亮渐变为浅黄，快要从深蓝色的天空消失时，蚂蚁们回来了。蚂蚁头头儿通过触角将最佳路径分享给了我们。

蚯蚓计算了一下时间，说：“在进入建筑物之前，我们可以从空中飞过去，可一旦进入，只有爬行，蝴蝶的体型恐怕难以钻进去。”

我立即说：“把你们送到建筑，我就该走了。我这副身体，可没什么零件换的。”

“你还是要回那个什么大瑶山？”蚯蚓意味深长地说，“万一再遇到捕蝶人怎么办？我们这里至少没有捕蝶人。”

“捕蝶人的确可怕，但更可怕的是战争。”我望向翅膀上被黑汁抹得难看的斑纹，说，“虽然我不像你们应战争而生，但我命运的每一次转折都因战争而起。记得我因地震武器引发的地震而飞离艾亚的实验花园，躲进大瑶山，又因要阻止人造龙卷风离开大瑶山，到了这里。从后来的新闻看，那次阻止并不成功，我的努力并没有驱散龙卷风，而是让龙卷风从大瑶山旁边擦身而过，仍然造成了人员伤亡。所以我很担心杉柏和莹苔，我得回去看看。”

“如果是这样，我们就更得抓紧行动了。”两只蜜蜂催促道，“据我们对天气的观察，快要下雨了，而且是人工暴雨！”

“这又是什么气象武器？”我紧张地问道。

“一种新型的定点攻击武器，弥补了地震武器的延时性和人造龙卷风的不稳定性，可以在敌方上空形成固定的云团，在必要的时间内控制雨量，进行精准打击。如果雨中还携带有毒物质，那降雨打击将是致命的。”蚂蚁头头儿为我科普它们储备的军事知识。

我想了想，又问：“有什么办法可以破解这种人工暴雨？我可不想飞到半路就被雨水淹死。”

伙伴们面面相觑。

随后，蚯蚓绕到我面前，直起身体：“我知道你在想什么，来吧，也让你瞧瞧我们的本事。”

原来，蚯蚓的作用之一，就是破解这类气象武器。

由蚂蚁引路，我们来到降雨弹的发射台。那是在去工厂顺路的一个地方，非常不起眼，处于两棵树之间。蚂蚁说，移动发射台藏在地底，前期定位就是由它们的同类完成的。发射台一旦确定了位置，就会自动启动。

我站在硬邦邦的沙地上，想象着脚底的发射台正闪烁着倒计时的数字，不禁抬头看向天空。在人类的视觉范围内，天空什么也没有，但在我们眼睛能感知的光谱之内，能看见一条蓝白色的光线从藏有发射台的地面直冲天空，如一根连接天地的脐带。那里有一片厚云，云之上，便是即将被开启的降雨弹。

蚯蚓的“热眼”有损，无法直接从地面钻入，就让蚂蚁带领从树干进入。那些外形似树的树，更像矗立在大地上的烟囱，内部是空气净化机，内外侧之间有中空通道，蚯蚓和蚂蚁就从那里进入了地底。蚂蚁头头儿走在前面，用距离传感器连续扫描障碍物，后面的蚂蚁接收到信息，就节省了对环境重复扫描的能量。蚂蚁之间的这种默契，提高了对环境侦察的效率。

不久，蜜蜂就收到了来自地底的讯息，它们带着我飞到一定高度，靠近蓝白光线，等待蚯蚓破坏了发射台后再隔断光线。但它们并不陪我等待，它们随蚯蚓和蚂蚁出来后一起离开了，只留下我。

发射台失控有一定的滞后性，这一小段时间正好够伙伴们躲开和我做隔断光线的准备。蜜蜂告诉我，只要发现光线减弱，就可以用身体隔断它，这样发射台就无法自动修复，降雨弹也就发射不了。

我照做了。

当我扑向蓝白光线，我翅膀上的磷粉便使周围弥漫开绿色的雾霭，而其下变成暗黑广袤的宇宙，各类物种散落在各个地方，用身体架起了一个又一个巍峨的星座。不知从哪里吹来的风，使这片宇宙晃荡而膨胀，让太阳散发出五彩光线，把物种们粉饰得犹如珊瑚岛下的鱼。忽然，一束光从撕破的天幕泄漏下来，驱散雾霭，照亮黑暗，使整片海如我的翅膀闪耀着绿色的光芒。

之后，我陷入半明半暗的空间，五彩光线变回蓝白光线，重合于黑白分界线，将我困在从线上垂下来的秋千，不停地摇荡……

时间便沉滞了。我再也没醒过来。

十

好了，后面的事您都知道了。您女儿在和小朋友捉迷藏时发现了我，把我送到您手中。您提取了我的芯片，将我倒腾在一个储存器里，通过电脑中的对话框，以文字形式与我交谈。

刚才，我讲时，您就在搜阅历史资料，查到我所说的和一些事件不谋而合。由此您推断，我在“死亡”之前是成功阻止了降雨弹的，也由此终止了一场战争。您说，我发挥的“蝴蝶效应”难以置信，拯救了您的城市，否则，现在也轮不到您来拯救我。

您还说，我的身体虽然完全毁坏，但芯片保存完好，就像琥珀中的蚊子，可以提取“基因”，注入另一个身体，使其“复活”。您问我想要什么样的身体，甚至可以选择人类的躯壳。

我认真想了想，还是要一副金斑喙凤蝶的身体吧。因为我不想辜负艾亚，是他们让这种濒临灭绝的蝴蝶赋予了我生命的意义。

还有，我想回去找杉柏和莹苔，尽管过去了30年，他们很可能已不在人世，但我还是想回到他们居住的地方——那里是我的家。

您应该明白，是艾亚们给予了我生命与智慧，是杉柏和莹苔给予了我善良与感恩，是伙伴们给予了我勇气与希望。因此，我才愿意继续成为金斑喙凤蝶，将它的独一无二永远传承下去。

最后，感谢您的善意和倾听。